Franz Winter

BACH

Roman

braumüller

Bibliografische Information der Deutschen Nationalbibliothek
Die Deutsche Nationalbibliothek verzeichnet diese Publikation in der Deutschen Nationalbibliografie; detaillierte bibliografische Daten sind im Internet über http://dnb.d-nb.de abrufbar.

Printed in Austria

1. Auflage 2014

Servitengasse 5, A-1090 Wien
www.braumueller.at

Coverbild: Caspar Merian: Coethen. Stich aus Matthäus Merian d. Ä., *Topographia Superioris Saxoniae Thüringiae/ Misniae Lusatiae,* Frankfurt: Merian 1650
Vor- und Nachsatzmotiv: Detail einer barocken Frauenkleidung, Privatbesitz, Foto Gerhard Klackl
Druck: Druckerei Theiss GmbH, A-9431 St. Stefan im Lavanttal
ISBN 978-3-99200-118-7

Moni gewidmet

Bist du bei mir
geh ich mit Freuden
zum Sterben und zu meiner Ruh.
Ach, wie vergnügt wär so mein Ende,
es drückten deine schönen Hände
mir die getreuen Augen zu.

Clavier – Büchlein
Vor
Anna Magdalena Bachin
BWV 508

Köthen

21. Juli 1720

Es war gegen Mittag des einundzwanzigsten Julius Anno Domini 1720, als Johann Sebastian Bach den Hochfürstlich-Anhalt-Köthenischen Leibkutscher Albertus Graupner durch Klopfzeichen gegen die Scheibe seiner Kabine plötzlich zur Eile antrieb, worauf der rostbraun livrierte Lakai nach einem erstaunten Blick mittels Schnalzen seiner Peitsche die zwei Braunschecken vom Trab in einen harschen Galopp fallen ließ.

Bach vermochte sich nicht zu erklären, warum er plötzlich das Gefühl hatte, zu solcher Eile antreiben zu müssen, noch dazu in dieser schwülen Hitze, die den Pferden, welche den aufgrund seines aufgebundenen, stückereichen Gepäcks samt dem in einem eigens dafür angefertigten, mit gewachster Leinwand überzogenen Lindenholzkasten versorgten Cembalo schweren Reisewagen schon seit dem frühen Morgen ohne jeglichen Trank über die lehmstaubigen Straßen gegen die Residenzstadt zogen, die letzten Kräfte abverlangte. Die vier Tage währende Reise von Karlsbad nach Köthen war ohne nennenswerte Zwischenfälle verlaufen, in zügigem Tempo, er war allein vorausgefahren, auch weil ihn sein Fürst gebeten hatte, die nach dem Aushub emporwachsenden Grundmauern des neu erstehenden Operntheaters zu inspizieren und allenfalls Änderungen nach seinen Vorstellungen zu veranlassen.

Am Himmel schob ein aufziehendes Gewitter riesige Wolkentürme aufeinander zu, als die rehbraune Kutsche mit dem fürstlichen Wappen auf den ebenholzgefassten Verschlägen in der vor Hitze flirrenden Wallstraße auf Bachs Haus zuhielt, wo sie endlich in einer Wolke aus ockerfarbenem Staub zum Stehen kam.

Wie durch einen Nebel nimmt Bach wahr, dass die blaugrün gestrichenen Fensterläden straßenseitig alle geschlossen sind, nicht etwa wegen der großen Hitze spalliert, nein, fest verschlossen wie das Hoftor, dessen schmale Durchgangstüre sich eben jetzt einen Spalt weit aufschiebt, bis in der Öffnung zuerst die ausgemergelte Hand, dann die knochige Gestalt seines alten Hausdieners Martin Perger im vergilbten offenen Leinenhemd, in ungeschlossener Weste, erdbrauner Kniehose mit herabgefallenen schwarzen Strümpfen sichtbar wird, die halb abgedeckt vom Türblatt verhält und mit weit aufgerissenen Augen unter dem schütter-federartigen Haarkranz die Kutschenkabine fixiert, worauf Bach den Schlag aufreißt, das Trittbrett aus dem Wagen stößt und mit einem Sprung vor seinem Diener steht, der mit einem „Gott zum Gruße, Herr Hofkapellmeister!“ aus dessen Blick zum Gepäck wechseln will, worauf ihn Bach anhält.

„Keine Musik im Bachischen Haus, Martin?!“

„Nein, Herr Hofkapellmeister.“

Er entzieht sich Bachs Griff, um zu den aufgeschnallten Truhen, Kisten und Koffern zu gelangen, wo schon der Kutscher damit begonnen hat, die Befestigungsriemen und -leinen zu lösen.

„Wo sind sie denn, Friedemann, Carl und Bernhard? Es ist nach Mittag! Wo ist Catharina? – Wurde unsere Rückkunft nicht gemeldet?“

„Mamsell Catharina verbringt die Tage bei ihrer Patin, der Muhme Catharina Lämmerhirt. Die Knaben –“

„Was treibt meine Tochter in Erfurt?“

Ohne Bach anzusehen wuchten die beiden Männer den Cembalokasten auf eine Kleidertasche, um ihn aufnehmen und ins Haus tragen zu können.

„Die Knaben erledigen ihre Arbeiten beim Geheimen Rat von Zanthier, der ihnen ein Studierzimmer in seinem Hause zur Verfügung gestellt hat.“

„Warum? Warum stellt der Herr von Zanthier meinen Söhnen ein Studierzimmer zur Verfügung, wo sie doch zu Hause über ein mehr als geräumiges verfügen?!“

„Weil der Herr Geheime Rat zusammen mit dem Durchlauchtigsten Fürsten der Pate Eures Sohnes Leopold war, der vor noch nicht einem Jahr mit nur zehn Monaten verstorben ist, wie dem Herrn Hofkapellmeister noch erinnerlich sein dürfte, mit Verlaub.“

Bach fliegt an den Tragenden vorbei, schlüpft durch den Türspalt und reißt das Hoftor von innen auf.

„Wo ist meine Frau?“, ruft er, „wo ist die Bachin?!“, und gegen das Haus: „Barbara? – Barbara!“, während das Möbel langsam im Inneren verschwindet.

„Barbara! – Barbara!“

Stille, nur das vom Ächzen synkopierte Poltern unregelmäßiger Treppenschritte beim Hinaufschaffen des Cembalos war zu hören, bis das kostbare Instrument dröhnend auf seinen Spieltisch gesetzt wurde.

Bach stürzt ins Haus, hastet die breite Holzstiege hinauf, stellt seinen Diener: „Martin Perger! Wo ist meine Frau? Und wo ist meine Schwäherin?“

„Dero Frau Schwäherin Friedelena Bachin sind noch am Abend des siebten Julius abgereist.“

Er drückt sich an seinem Herrn vorbei und folgt dem Kutscher ins Freie, Bachs Ruf „Abgereist? Wohin – abgereist?“ im Rücken, den er mit einem scheuen Achselzucken quittiert. Bach läuft ihm nach, öffnet aber im Parterre die Tür zur Küche, die sich ihm peinlich aufgeräumt und gereinigt zeigt, kalt der Herd, über dem die polierten Kessel und Pfannen im schräg einfallenden

Sonnenlicht kupfern aufglühen wie vom Widerschein eines großen Brandes. Er überholt den zwei Reisetaschen schleppenden Martin auf der Treppe und reißt die letzte der vier schweren Eichentüren im Gang auf. Die geöffneten, in gleichen Falten an die gedrechselten Holzsäulen gebundenen, rotbraunen Samtvorhänge des breiten Kastenbettes mit dem gemalten Tulpenhimmel präsentieren ihm die linke, seine Schlafhälfte frisch aufgeschüttelt und leinenweiß bezogen, die Hälfte seiner Frau aber leer, ohne Bettzeug, nur mit einem Laken abgespannt. Auch der Nachttisch daneben, leer, keine Kerze, kein Buch, nicht die Schrift, nichts. Bach wirft sich auf den knochenhellen Plankenboden. Ein keramikgedeckeltes Nachtgeschirr, nicht deren zwei! Die Truhe leer bis auf vier Lavendelkissen, der Schrank leer bis auf die Lavendelbündel an den Holzstiften. Er zerrt an einem der Fenster, stößt die Jalousien auf und schreit: „Martin Perger, wo ist meine Frau!?“ gegen die in der Hitze verschwimmenden Häuser der wie ausgestorbenen Wallstraße hinaus. Kein Laut, nur das schneidende Pfeifen einiger Schwalben, die die heiße Luft zersicheln. Plötzlich jedoch einige kaum wahrnehmbare Bewegungen hinter den Fenstern, den Gardinen, den Läden, der Kutscher salutiert mehrmals herauf und besteigt umständlich den Bock, während sich Martin Perger mit Noten- und Geigenkoffer zögernd dem Hoftor nähert. Bach empfängt ihn auf dem Treppenabsatz.

„Sie ist fort!"

„Ja, Herr Hofkapellmeister."

„Wo sind ihre Sachen?"

„Mit Mamsell Catharina nach Erfurt geschickt für ihre Muhme Catharina, die Witwe Eures Onkels Tobias Lämmerhirt."

Auf einen Wink Bachs hin beginnt sich der alte Mann mit den Gepäckstücken an den Armen langsam und unsicher die hohen Stufen emporzuarbeiten, ohne die stützende Hilfe des Geländers in Anspruch nehmen zu können.

„Wer war hier? – Was hat man ihr erzählt?"

„Die Frau des Hofmeisters von Nostitz, hochwohlgeborene Frau Juliana Magdalena, waren da, an manchem Tag und auch an manchem Abend."

„Wann?" Bach setzt sich auf die oberste Stufe.

„Des Öfteren, Herr Hofkapellmeister, während Eurer Abwesenheit, ich weiß die Tage nicht mehr, aber häufiger im letzten Monat."

„Idiot!", herrscht ihn Bach an. „Wann sie fort ist, will ich wissen!"

Martin Perger steht jetzt neben dem Komponisten.

„An einem Samstag, dem vierten Tag des Julius, hat uns die Frau Hofkapellmeisterin verlassen, Herr Hofkapellmeister." Er will an ihm vorbei, was Bach mit der Frage „Und die Kinder?" verhindert.

„Mamsell Catharina wurde am dritten des Julius, einem Freitag, zusammen mit allen Sachen der Frau Bachin, von einem einspännigen Wagen, aus Erfurt kommend, abgeholt, und die Herrn Söhne habe ich am vierten des Julius, einem Samstag, zu dem Haus des Herrn Geheimen Rats von Zanthier begleitet, mit einigem Gepäck, Herr Hofkapellmeister."

„Und das alles –" Er versucht die Augen des alten Mannes zu sehen.

„– hat Eure Frau all' so veranlasst und verfügt, Herr Hofkapellmeister, bevor sie ging, den Tag darauf."

Martin Perger versucht den Gang zu erreichen, Bach hält ihn am Ärmel und zieht ihn zu sich nieder. „Wo ist sie jetzt, Martin, ich beschwöre dich!"

Martin, sich beschwerlich neben Bach setzend: „Ich weiß es nicht, Herr Hofkapellmeister."

„Aber du wirst doch wissen, wohin sie gefahren ist!"

„Wurde, Herr Hofkapellmeister, wurde!"

Scheinbar ruhig und um äußerste Klarheit bemüht setzt Perger Wort für Wort.

„Am siebenten Tag des Julius, einem Dienstag, haben wir der Frau Hofkapellmeisterin das Geleit gegeben, das – letzte – Geleit, auf den Gottsacker bei der Pfarrkirch'n, Herr Hofkapellmeister."

Von draußen waren die antretenden Hufe des Fürstlich-Anhalt-Köthenischen Gespanns zu hören, die das kleine Gestein und die Lehmklumpen der Straße zermahlenden Räder der sich entfernenden Hofkutsche, verfolgt vom wütend keifenden Gekläff eines Hundes, das unvermindert anhielt, auch noch als Bach „Sie – ist – tot?" flüsterte und in das tränenüberströmte Gesicht seines Dieners starrte, dessen Kopf sich unter einem wimmernden Schmerzenslaut auf die Brust senkte.

Der Hofkapellmeister stand auf, stakste Stufe für Stufe die Treppe herab durch die offene Haustüre, das Hoftor hinaus auf die gleißende Wallstraße und begann nach dem Friedhof zu laufen, während ein mehrfach aufzuckender Blitz den nunmehr bleischwarzen Himmel zerriss.

Karlsbad

Juni 1720

Jagd. Hirschtreibjagd mit anschließender großer Musik. Der offene Fürstlich-Köthenische Landauer Bachs holperte auf dessen Anweisung hin in nicht ungefährlichem Tempo im warmen Licht dieses Frühsommermorgens durch einen Hohlweg der als Sammelpunkt einer wahrlich illustren Jagdgesellschaft bestimmten riesigen Lichtung in den Wäldern von Engelhaus hoch über Karlsbad entgegen. Der Hofkomponist hatte sich noch vergewissert, dass seine Musiker geweckt worden waren, die Hornisten musste er selbst aus ihrem viel zu kurzen Schlaf reißen, den Abend zuvor war wieder bis weit nach Mitternacht konzertiert worden. Jetzt versuchte er trotz des Gerüttels im Wagen die Stimmen jenes viersätzigen Concerto, in welchem er gerade den Jagdhörnern ihren ersten großen Auftritt innerhalb eines Konzertes geschaffen hatte, zu ordnen, obwohl ihm die bedenklich knirschenden Ledergurte zwischen den Chassisfedern und seinem Cabriolet die äußerste Konzentration abverlangten.

Höhepunkt der gestrigen Soiree war ohne Zweifel sein Concerto in F, mit größter Kunstfertigkeit geblasen von dem fabelhaften Hoftrompeter Caspar Wilcke aus dem Gefolge des Fürsten von Sachsen-Weißenfels, der in seinem ungestümen Enthusiasmus mehrmals den äußerst versierten Stadtpfeifer Gottlieb Würdig beinahe aus der Bahn geworfen hätte, wäre nicht Caspars Tochter Anna Magdalena mitten in der dritten Abteilung unter seinem Bogenarm hindurch aufs Podium gehuscht, um ein unbemerkt zu Boden gefallenes Notenblatt wieder auf das Pult Würdigs zu legen und so den Satz zu retten. Drei Mal musste das nämliche Stück gegeben werden, stürmisch gefordert vom animiertesten Beifall der versammelten Fürstlichkeiten.

Weichet nur, betrübte Schatten,
Frost und Winde, geht zur Ruh'!

Was war ihm in den Sinn gekommen, als er im letzten Dezember dem damals achtzehnjährigen Mädchen, das ihr Vater in der Sächsisch-Weißenfelsischen Gratulationscour zum fünfundzwanzigsten Geburtstagsfest des Fürsten Leopold mit nach Köthen gebracht hatte, jene Hochzeitskantate zum Singen und Praktizieren gegeben hatte, für Proben, die er unbedingt selbst leiten wollte, mit ihr und dem Oboisten Ludwig Rose aus der aufgelösten Berliner Hofkapelle, die Leopold zur Gänze nur für ihn nach Köthen engagiert hatte, damit er „das beste Orchester der Deutschen Lande für seine vollkommenen Schöpfungen in Musique und deren göttliche Auspizien zur Verfügung habe“. Was war in ihn gefahren, dass er sie mitten im Winter

Florens Lust
Will der Brust
Nichts als frohes Glück verstatten,
Denn sie träget Blumen zu

singen ließ, sehr zum Gefallen des Fürsten, der ihr sofort schon für den nächsten Herbst oder das übernächste Frühjahr ein großzügiges Angebot nach Köthen gemacht hatte, obwohl kein Operntheater vorhanden war. Und seit dem Frühling wurde es tatsächlich gebaut, in jenem Park, der dazu bestimmt wurde, entlang des niedergerissenen Walls und seines Aufmarschgebietes das Schloss, sein Haus, ja die ganze Stadt mit der freien Natur zu verbinden. In einem wieder erschaffenen Arkadien unweit des Musenhofes wird sich der Tempel für die Musik im Spiegel eines kunstvoll angelegten Sees verdoppeln. Und an der Eröffnungsoper arbeitete er bereits, „Actéon und Diana" wird sie heißen, seine erste Oper, und mit Anna Magdalena Wilcke als Diana wird ein neuer Stern am Firmament des Opernhimmels erscheinen. Und er wusste zutiefst, dass auch er kann, was der im selben Jahr wie er so nah von ihm geborene Händel so gut konnte: Opern schreiben. Vor genau einem Jahr war er nach Halle gefahren, um den Gleichaltrigen zu treffen und sich mit ihm auszutauschen, aber als er ankam, war der ewig Unstete schon wieder aufgebrochen, nach Italien, ins Land der Oper, wie man ihn wissen ließ. Er würde nicht nach Italien gehen, er würde Italien nicht brauchen, sein gelobtes Land war das

Anhaltische Sachsen, sein Impresario war Apoll selbst in Gestalt eines jungen, begeisterten Fürsten, und seine Muse war Anna Magdalena, Annalena, wie er sie nannte, nennen durfte, seitdem sie sich vor einer Woche in Karlsbad wiedergesehen hatten.

Die Welt wird wieder neu,
Auf Bergen und in Gründen
Will sich die Anmut doppelt schön verbinden.

In seinem Innern schob sich die unendlich sehnsüchtige Klage der Oboe vom Beginn der Kantate zwischen die Jagdhornrufe des Concerto, das er über dem Schreibbrett auf seinen Knien in Händen hielt, und wie so oft konnte er sich nicht erklären, woher er diese Melodie genommen hatte, damals, als er Annalena noch nicht einmal kannte. Er vermochte sich nie zu erklären, woher er manche Musik nahm, es war ihm in diesen Augenblicken, als stünde ihm eine Sammlung, eine Bibliothek zur Verfügung, aus der er sich bedienen durfte. „Durfte", ja, „durfte" schien ihm das richtige Wort dafür zu sein, denn er empfand immer wieder staunend, dass er von irgendwoher die Erlaubnis dazu erhalten haben musste, und deshalb war er Gott, der, so hatte er es sich unverrückbar zu eigen gemacht, allein als höchste Instanz dieses Privilegium verleihen konnte, dafür dankbar; jenem Gott, den er bisweilen ahnen, aber noch nie, auch nicht im Mindesten, erkennen konnte. Aber er fühlte tief in sich, dass von diesem Gott die Erlaubnis erteilt sein musste, an ihn, ausgerechnet an ihn, den Orgelspieler und Compositeur aus Eisenach, den schon seit früher Kindheit elternlos bei Verwandten Aufgewachsenen, den Einsamen, den Allein-Seienden, den fleißigen, in seinem Lerneifer nimmermüden Johann Sebastian. Also widmete er alles, was er fand, was er aufschrieb, und vor allem, was ihm gelang, jenem Gott, den er nicht kannte. Das, empfand er, war er ihm zumindest schuldig für das Privileg, der Bibliothek des Universums Musik entnehmen zu dürfen: S. D. G., Soli Deo Gloria, Gott allein gebührt der Ruhm!

Als sie die Anhöhe von Engelhaus erreicht hatten, war er erstaunt darüber, dass die Fürstlich-Köthenischen Lakaien schon zu dieser frühen

Stunde damit beschäftigt waren, die mittägliche Bewirtung der Jagdgäste seines Herrn vorzubereiten. Die in einem offenen Karree aufgebaute Tafel aus Tischlerböcken, Türblättern und gehobelten Brettern wurde mit Leinenbahnen eingedeckt, Silbergeschirr aufgebracht, Kristallgläser, sogar an das Besteck mit den Horngriffen war gedacht, und im nahen Unterholz fraßen und schnaubten die Maultiere. Bach schritt, in die Hände klatschend, die Lichtung aus, um den besten Platz für seine Musiker zu finden. Die Hornisten wollte er im Wald verstecken, damit die Wirkung ihres Einsatzes umso überraschender zur Geltung kommen konnte. Leopold war süchtig nach diesem Concerto, schon für die nächste Soiree im Sächsischen Saal war es wieder anbefohlen, und sollte sich die Jagdtafel bis in den frühen Abend ziehen, was zu erwarten war, würde er das eine oder andere Menuett aus den *Suites senza Basso* auf der Viola geben, vielleicht auch die Sarabande aus der in D-Moll, weil sich der Fürst in seiner andauernden Melancholie nicht satthören wollte an ihr. Er hatte ihn sogar gebeten, die Tanzfolgen auf das Violoncello zu übertragen und ihn in einigen

Piecen daraus zu unterweisen, insbesondere in den Sarabanden.

Jetzt traf das Fuhrwerk mit den Musikern, den Pulten und den Instrumenten ein. Bach wies ihnen ihren Spielort im Gehölz vis-à-vis der offenen Tafelseite an, sodass sie für die Gesellschaft kaum sichtbar sein würden, und verteilte die Noten. Die prächtig goldgrün montierten Jagdhornbläser platzierte er auf zwei tiefer im Wald dicht beieinander angebrachten Kanzeln, ihre Harmonien sollten die gesamte Szenerie überwölben wie die mächtigen Eichenkronen die lichtüberflutete Endlosigkeit des Forstes.

Von weit her war das Signal für das Ende der Jagd gerade noch zu vernehmen, als die Damen in vier weiteren Landauer-Cabriolets die Lichtung erreichten und auf ein Zeichen Bachs vom Adagio des Concerto sanft willkommen geheißen wurden, worauf das Geklapper des Geschirrs und das Klirren der aufzudeckenden Gläser erstarb. Zwanzig Lakaien hielten in ihren Bewegungen inne und lauschten, wie in einen Zauber gebannt, dem Liebeswerben einer Oboe, der die einstimmende, über einem bodenlos schimmernden Bläsergrund schwebende Violine ihre sehnsuchtsvolle Antwort sang, während Bachs Blick Anna Magdalena umfing, die im Weißenfelsischen Wagen mit auf die Lichtung von Engelhaus gekommen war.

Köthen

25. Mai 1720

Der Schmerz in ihrer Brust pochte heftiger, als er den Fürstlich-Köthenischen Wagen bestiegen hatte und dieser sich aus der Wallstraße entfernte. Vor der Biegung, die das Fahrzeug ihren Blicken entziehen würde, hatte sich Bach noch einmal umgewendet und seine rechte Hand gehoben, als würde er winken.

Maria Barbara blieb auch dann noch im Hoftor stehen, als ein Fuhrwerk, schwer beladen mit Steinquadern, die Straße heraufkam und sie passierte. Sie stand und hörte auf ihre Schmerzen, bis ihr die für diese Tageszeit ungewöhnliche Stille bewusst wurde, keine Geschäftigkeit in der Straße, obwohl es nicht mehr früh war. Sie roch den Flieder aus dem Nachbargarten und auch im Haus war alles ruhig. Sie würde wohl doch Doctor Immanuel Gottlieb in der Schalaunischen Straße aufsuchen müssen, den Medicus, der in jenem Haus seine Wohnung hatte, aus dem sie im letzten Herbst gezogen waren. Ihre Schwester hatte sie schon die längste Zeit bedrängt, das zu tun, aber der Winter und das frühe Jahr hatten so viel an Arbeit mit der Fertigstellung und Einrichtung des neuen Hauses gebracht, vor allem der kleine Musiksaal hatte trocken und fertig ausgestattet zu sein, da Bach, der auch sein Amt als *Directore derer Cammer Musiquen* sehr gewissenhaft versah, die aufwendigen und zeitraubenden Proben im Haus abhielt, worum ihn der Fürst gegen eine namhafte monatliche Entschädigung gebeten hatte, um ohne vorherige Kenntnis der Werke immer wieder „von seinem Genius überwältiget zu werden", ein Eindruck, der ihm durch das Praktizieren im Schloss genommen würde, dessen er sich aber keinesfalls begeben wolle. Und als die Reise mit der großen Hofmusik nach Böhmen in das Karlsbad avisiert war, wollte sie diese abwarten, um ihn nicht unnötig zu besorgen.

Einmal noch sog sie, sich dessen ganz bewusst, den Fliederduft ein, verschränkte die Arme, sodass sie ihre Rechte über die linke Seite der Brust legen konnte und schickte sich an, ins Haus zu gehen, in dessen Hof Martin Perger darauf wartete, das Tor schließen zu können.

„Es ist so still drinnen, Martin, was machen die Buben?"

„Werden im Studierzimmer sein, die Herrn Söhne, Frau Hofkapellmeisterin."

„Friedemann wollte Carl Philipp ein Präludium aus dem temperierten Klavier zeigen und dann selbst die Fuge weiterpraktizieren."

Perger hob die Schultern und beide wechselten aneinander vorbei, der Diener zum Tor, von wo er seiner Herrin „Wird vielleicht nicht möglich sein, weil doch das große Clavicymbel mit nach Karlsbad gegangen ist, Frau Hofkapellmeisterin!" nachrief.

„Das ist kein Grund, Martin, dann sollen sie sich ans Spinett oder ans Lautenclavier setzen, wir haben schließlich genug Instrumente!", gab Maria Barbara Bach schon aus dem Flur zurück und stieg die Treppe hinauf, um ihre Söhne zu suchen.

„Ja, Frau Hofkapellmeisterin!"

Nachdem sie Friedemann und Carl, denen auch der fünfjährige Bernhard folgte, ins Musikzimmer geschickt hatte, rief sie nach Friedelena, die aus der Küche antwortete. Als sie Friedemann das Präludium anschlagen hörte, ging sie hinunter, immer die Hand auf der Brust, die sie erst löste, als sie die Tür zur Küche aufstieß, an deren langem Holztisch ihre Tochter gewässertes altes Brot, gekochte Sellerie- und Peterwurzelstücke zu einer Farce vermengte, mit der das Huhn gefüllt werden sollte, das ihre Tante gerade ausnahm.

„Ich muss dich bitten, uns für ein paar Minuten zu verlassen, Catharina, wir rufen dich, wenn wir zu Ende sind."

Der fragende Blick des zwölfjährigen Mädchens wechselte zu ihrer Tante, die schon am steinernen Wassertrog stand, um ihre blutigen Hände abzuwaschen und mit ihrer Leinenschürze zu trocknen, was Catharina nachvollzog.

„Wie lange wird Papa fort sein, wenn ich das fragen darf?"

„Bis unser Durchlauchtigster Fürst seine Kur in dem Karlsbade beendet haben wird."

„Wann wird das sein?", fragte das Mädchen.

„In einem Monat, vielleicht in zwei. Und jetzt lass uns bitte allein, Catharina."

„Ja, Mama. Aber das ist lang!", sagte sie, ohne sich vom Waschtrog wegzubewegen.

„Geh jetzt hinauf zu deinen Brüdern und lass dir etwas vorspielen oder spiel selbst. Das Präludium in C kannst du doch schon vortrefflich exekutieren."

„Auch das zweite, das Papa in das Moll von Do gesetzt hat, kann ich spielen und liebe es ob seines unabänderlichen Ganges", gab das Mädchen zurück und verließ, die Türe umständlich ins Schloss ziehend, die sonnenhelle Küche.

„Es ist an dem, Friedelena, dass mich jetzt doch die Schmerzen in meiner linken Brust und auch bei der Achsel zu dem Medicus in unserer alten Schalaunischen Straße treiben." Sie stand auf. „Jetzt und gleich, weil er fort ist. Wollte um meiner ständig wachsenden Pein willen, der Fürst hätte die Abreise früher angeordnet."

Wie zur Bestätigung ihrer Worte schien jetzt jenes zwanghafte erste Moll-Präludium der temperierten Stimmung mit seinen wild umtobten, ausweglosen Tonrepetitionen vom ersten Stock förmlich herunterzufließen, ein Eindruck, der sich noch verstärkte, weil Catharina das kurze

Stück unvermittelt von Neuem begann, und wieder und wieder spielte, so, als gäbe es niemals ein Entkommen daraus.

„Woher nimmt deine Tochter diese Wut?“, fragte Friedelena ihre Schwester, die schon im Schatten der Türe stand.

„Vielleicht von ihrem Vater. – Es bleibt aber trotzdem staunenswert, dass ein Lautenclavier so klingen kann. – Ihr sollt nicht mit dem Mittagstisch auf mich warten, es muss gehen wie immer. – Möge Gott vor unseren Gedanken sein!“

Friedelena stellte sich neben das Fenster, um Maria Barbara die Wallstraße hinaufgehen zu sehen, dann verteilte sie Schmalz in ihren Händen, stopfte die Farce in das Huhn, umhüllte es mit langen, weißen Streifen Schweinespecks, öffnete den Ofen, hob es sorgsam in die aufspritzende Kupferkasserolle, tat einen Zweig Rosmarin darauf, schloss das Rohr und legte zwei Scheite trockenen Buchenholzes nach.

Karlsbad

Juni 1720

Müde aller Feste, dachte Bach, als er gegen Morgen den fackelgesäumten Weg zum Dianatempel auf der Anhöhe am Waldrand über dem Sächsischen Saal, vorbei an einem neu errichteten Wildgatter, hinaufstieg, um die Stimmen der Fürstlichen Jagdhornisten, von denen es keine Abschrift gab, einzusammeln. Wendelin Traubel und Jonathan Spiess hatten ihre Parts von hier oben in eben jenes Concerto in F geworfen, das Leopold nun am Beginn einer jeden Soiree zu hören wünschte, in immer neuen Kombinationen und Entfernungen. Er freute sich jedes Mal wie ein Kind aufs Neue über den Effekt, den es machte, wenn seine Gäste von den unheimlich anmutenden Rufen der durch die weit geöffneten Fenster des moosgrünen Festsaales dringenden Laute aus der fernen, ungezähmten Wildnis überrascht waren, umso mehr, als diese sich dann wie zufällig mit dem konzertierenden Orchester zu mischen, ja mit diesem zu harmonieren schienen.

Er stand unter dem viersäuligen Portikus des kreisrunden, von sechs schmalen, die Natur ins Innere ziehenden Fenstertüren durchbrochenen Tempels und sah hinunter auf das im verblassenden Mondlicht noch immer silbern aufschimmernde Band der Tepl, das auf seiner Bahn durch das waldige Tal die an seinem Rand errichteten Lustschlösser, das Sächsische und das Böhmische, säumte wie die diamantene Ordenskette eines Königs. Den zwischen den Öffnungen mit gepolsterten Bänken umgebenen Raum in seinem Rücken empfand er in der Morgenkühle als angenehm warm, er liebte den hohen elfenbeinfarbenen Ofen mit der aus großen Kachelschildern zusammengefügten Darstellung der im See badenden, mondsichelgekrönten Jagdgöttin, den die fast herabgebrannten Kerzen auf goldgefassten Astranken entlang der Zwischenräume in ein nun schon fast morgenrötliches Licht tauchten.

Fliehe, Jüngling, flieh' die Schatten
Dieser Mondlicht hellen Bäume!,

hörte er hinter sich den Beginn von Dianas Arie aus seiner noch unvollendeten Oper mit leiser, und wie ihm schien, wirklich aus silbernem Mondlicht gemachter Stimme aus dem Inneren des kleinen Tempels klingen. Er schloss die Augen. Noch war es möglich zu fliehen. Noch war es möglich, so zu tun, als habe er nichts gehört. Was war mit ihm geschehen in diesen drei Wochen, dass er den Blick nicht von ihr wenden konnte, dass er nur ihre Nähe suchte, dass er jeden seiner Triumphe als Virtuose am Cembalo, an der Geige, der Viola, und als Compositore, nur in ihren Augen lesen wollte, diesen großen Augen in der Farbe des Morgenhimmels unter den sanft gewölbten Brauen in diesem vollkommen ebenmäßigen Antlitz, das sich ihm zu öffnen schien, wie es jede Geste, jede Bewegung ihres jungen, vollendeten Körpers tat. Noch nie hatte er die Erscheinung des Weiblichen in dieser Weise wahrgenommen, ja auch nur gesehen, bei keiner Frau, bei keiner der Mätressen seiner

Fürsten, bei keinem einzigen weiblichen Wesen so wie jetzt in der Gestalt jener berauschend erblühten neunzehn Jahre jungen Frau. Er wusste nichts von der Möglichkeit einer solchen Verkörperung des Lebens und ihrer unerklärbaren magnetischen Anziehungskraft, er wusste mit seinen fünfunddreißig Jahren alles von der Musik, aber nichts von der Liebe. Liebe! War sie das, die Liebe? War Anna Magdalena Wilcke die Liebe? Seine Liebe?

Was war es aber dann, das ihn angetrieben hatte, um Maria Barbara zu werben und sich mit ihr als junger Mann von zweiundzwanzig fürs Leben zu verbinden, in Liebe, wie er damals schwor? In einer Liebe, die so unvermindert andauerte wie die bewundernde Achtung und die große Dankbarkeit, die ihn mit ihr verbanden. – Waren da außerhalb der temperierten Stimmung doch Tonarten, Tongeschlechter, die sich jeder auch noch so genauen Berechnung entzogen wie die undurchschaubaren Geheimnisse des Weltenalls selbst? Gab es verschiedene Sternbilder der Liebe? So viele wie die, die sich jetzt hinter dem heraufdämmernden Morgen zu verflüchtigen suchten?

Fliehe, Jüngling, flieh' die Schatten
Dieser Mondlicht hellen Bäume!

„Aber es gelingt ihm nicht, zu fliehen, er vermag es nicht mehr", flüsterte er, als er es wagte, Anna Magdalena, die sich, umhüllt von einer wollweißen Decke, an die Ofensäule ihres, wie ihm schien, Heiligtums gelehnt hatte, anzusehen. „Wird nun auch mich die Meute meiner Hunde zerreißen wie den vom Anblick der Göttin trunkenen Actéon?"

„Wie sollte ich dich mit dem Fluch der Verwandlung in ein wildes Tier belegen, und wäre es auch das edelste, der stolze König der Wälder, mein Geliebter, wenn ich mich dir in deiner eigenen Gestalt zu geben nicht erwarten kann?"

Bach trat vor sie hin, löste den in einem Halbmondgriff endenden Perlmuttkamm aus ihrem Haar, das sogleich in einer kastanienbraun schimmernden Welle über ihre Schultern floss, von denen die Decke auf den mit Jagdwaffen intarsierten Boden geglitten war. Wie entrückt bedeckten seine Lippen ihre Stirn, ihre Augen, die Schläfen, die Wangen, den schlanken Hals, bis sie in der

Umarmung eines bodenlosen Kusses zueinander fanden.

Zum ersten Mal in seinem Leben entkleidete Bach eine Frau, scheu öffnete er Spangen, entschnürte ein fischgrätengepanzertes Mieder, das er wie einen erbeuteten Schutzschild zu Boden sinken ließ, er entband den mit Nachtviolen bestickten Überrock, löste die batistüberzogenen Hüftgitter und streifte zuletzt mit zitternden Händen das seidene Unterkleid von ihren Schultern, sodass sie nackt vor ihm stand. Sie sah ihn unverwandt an, ohne einen einzigen Lidschlag, wie ihm schien, worauf er sie mit der herabgefallenen Kaschmirdecke umhüllte. Draußen begann die erste Amsel ihre sehnsüchtige Morgenweise.

„Jetzt du", sagte Annalena mit klarer Stimme, „wir wollen einander zu gleich erfahren und zu gleich lieben."

Bach stand wie versteinert vor Scham und Pein, er vermochte der Verlockung dieser ungekannten Freiheit erst nachzugeben, als sie seinen Rock öffnete, dessen silberbordierte Revers sie in ihren schmalen Händen behielt, bis er diese zurückschlug, um sich all seiner prunkvollen Kleidungsstücke zu entledigen.

„Und sie erkannten, dass sie nackt waren, heißt es in der Schrift", flüsterte Bach lächelnd, ohne sie zu berühren.

„Und erst als sie vom Baum der Erkenntnis gegessen hatten, konnten sie wissen, dass sie einander liebten", entgegnete Annalena, umfing ihn, und in der Endlosigkeit ihres Kusses sanken sie sich selbst zu Füßen und liebten einander auf den von ihnen geglittenen Kleidern, deren Stickereien in den durch die Fenstertüren fallenden Sonnenstrahlen aufleuchteten wie abgestreifte Hüllen von Paradiesschlangen.

Köthen

19. Juni 1720

An diesem Fliederabend, als die Kutsche des Fürstlichen Hofmeisters vor dem Tor in der Wallstraße hielt, saßen die Schwestern an der noch sonnenwarmen Gartenwand des Hauses, dort, wo die bescheidenen Gemüsebeete angelegt waren und sie die Luft des sich dahinter vom Schloss bis zur Stadtgrenze erstreckenden Parks atmen konnten. Für das Nachtmahl hatten sie sich einen Holztisch vor die mit Satteldecken gepolsterte Bank gestellt. Sie folgten schweigend dem Lamento einer Sonata, das die Kinder, Friedemann auf der Violine, Carl Philipp am Spinett und, wie Friedelena befand, besonders einfühlsam von Catharina am Cello begleitet, im Musikzimmer übten. Maria Barbara nahm einen Schluck von der noch warmen Mistelessenz, um ihre in schmale Streifen geschnittene, reichlich mit Gelbwurz überstreute Weißkohlspeise, die Friedelena mit geweichten dunklen Brotstücken unterfüttert hatte, weiter zu sich nehmen zu können.

„Du musst dich zwingen zu essen, Barbara, und es ist ein Glück, dass uns der Fürst ehedem mit diesem heilenden Gewürz aus Indien so reichlich bedacht hat. Als hätte er gewusst, dass wir dessen einmal bedürfen würden."

„Dass ich dessen bedürfen würde, Friede, nicht du! Und dafür musst du dem Schöpfer dankbar sein! Aber die Karkinomae schwinden nicht davon und der Schmerz wird stärker mit jedem Tag, den der Herr gemacht hat", erwiderte Barbara und drehte sich nach Martin um, der meldete, dass die Frau Gräfin Hofmeisterin von Nostitz fragen lasse, ob ihr unangemeldeter Besuch zu dieser Abendstunde gelegen käme, andernfalls sie um die Mitteilung bitten würde, wann sie wieder kommen dürfe, „weil sich die in der Residenzstadt zurückgelassenen Frauen derer in dem Karlsbade kurenden Männer zu einem Bunde vereinigen sollten." Martin Perger tat einen tiefen Atemzug, er war sichtlich erleichtert darüber, dass es ihm trotz seines Alters noch immer möglich war, eine so lange Botschaft ohne Stocken zu überbringen.

Barbara sah erstaunt zu ihrer Schwester, die fragend ihre Schultern hob. Mit „es ist uns eine unerwartete Ehre“ schickte sie Martin Perger hinaus, damit er die Besucherin in den Garten führe und bat ihn noch, zwei Ampeln und roten Wein in einem der Tonkrüge herauszubringen.

Von dem tänzerischen Siciliano, das Friedemann jetzt, erstaunlich wissend für seine zehn Jahre, anstimmte, hatte ihr Bach einmal gesagt, dass er es dereinst wieder hervorholen und gebrauchen werde, er wisse nur noch nicht, zu welchem Zweck.

„Wie beschaulich es doch die Bachinnen gefunden haben mit diesem neuen Haus an diesem duftenden Abend voll der Harmonien“, bemerkte die Gräfin mit einem Fingerzeig nach dem ersten Stockwerk, ehe sie sich seidenraschelnd und in dem von Martin eilig hinzugestellten Fauteuil niederließ, „wahrlich ein vortrefflicheres Logis als es das unsrige in der Gasse beim Stift vorstellt, aber dem Herzen unseres Gnädigsten Fürsten liegt nun einmal die Musik des Herrn Hofkapellmeisters am nächsten, nicht wahr, Frau Hofkapellmeisterin?“

„Wir sind dem Allmächtigen zutiefst dankbar für die Huld des Fürsten, die er uns in so reichem Maße zuteil werden lässt, Euer Erlaucht“, erwiderte Barbara und bot der Frau des Hofmeisters vom sächsischen Rotwein an, den diese sich gerne in das böhmische Kristallglas schenken ließ.

„Mein Mann berichtet mir zu unsrer großen Freude, dass sich die Leiden seiner Durchlaucht mithilfe der heißen Bäder durchaus lindern lassen, wenngleich sie ihn ein wenig zu erschöpfen scheinen, was der Trinkgenuss aus den heißen Quellen wiederum wettzumachen scheint. Am allermeisten aber beflügelt ihn der Successe, den ihm sein Hofkapellmeister und Compositeur bei den allerhöchsten Herrschaften beschert und der ihn, selbst unter den Erlauchtesten, zum wahren Musenfürsten mit dem Lorbeer Apolls krönt. Er arbeitet gar an einer Oper, „Actéon und Diana“ soll sie heißen und Mamsell Anna Magdalena Wilcke, die Tochter des Fürstlich-Weißenfelsischen Hoftrompeters, deren Kunst wir, wie sie erinnern werden, im vorigen Jahr schon einmal teilhaftig werden durften, wird sie singen. – Haben Sie, werte Frau Hofkapellmeisterin, die riesige Baugrube unweit des Schlosses, aus der jetzt schon die Mauern emporwachsen, noch nicht bemerkt?"

Barbara führte den Mistelsud an ihre trockenen Lippen und verneinte.

„Was beliebt Sie denn da zu sich zu nehmen, Werteste?", fuhr die maskenhaft geschminkte Gräfin unbeirrt fort, „das sieht mir doch eher wie eine Medizin aus! Hoffen innigst, dass es Teuerste noch wird genießen können, wenn Köthen als erste lutherische Residenz ein prunkvolles Opernhaus erhält, das die junge Wilckin als keusche Göttin Diana in der ohne Zweifel vortrefflichen Musique Ihres Gatten schon in diesem Herbst feierlich eröffnen wird!"

Friedelena stand auf. Sie stellte die Speiseteller ineinander und wollte ins Haus, um ihre Schwester und sich mit wärmenden Schulterplaids zu versorgen, was die Gräfin zum Anlass nahm, sie zu beauftragen, ihr auch das ihre aus der Kutsche zu holen oder von ihrem Diener bringen zu lassen. Es war still, die Kinder hatten ihr Exerzitium beendet. Barbara war an das zur Hälfte ausgestochene Kohlbeet getreten. Im nahen Park begann eine Nachtigall zu schlagen, in deren immer wieder aufs Neue ansetzenden Strophen sie eine quälend unerfüllte Sehnsucht auszumachen glaubte.

„Also habe ich allen Grund zur Freude, weil der Herzenswunsch meines Mannes, sich auch der Gattung der Oper zuwenden zu können, durch die Gnade des Fürsten wahr wird."

„Durch die doppelte Gnade des Fürsten, der seine Residenz mit einem Operntheater und seinen Compositeur mit dessen Muse beschenkt, meine Liebe!"

Ein plötzlich einsetzender, lang sich ziehender dunkelkehliger Triller der Nachtigall verhinderte eine Antwort Barbaras.

„Oh, danke Ihrer Liebden, sehr fürsorglich, denn es scheint sich die herabsinkende Nachtkühle der sie schon erwartenden sommerlichen Wärme noch immer nicht geschlagen zu geben!" Ihr spitzer Ausruf sollte sowohl die wollenen Hüllen als auch Friedelena, die sich mit der unvermittelten Frage „Ihr habt Nachrichten für uns?" wieder gesetzt hatte, willkommen heißen.

„Vielleicht für die Frau Hofkapellmeisterin, wenn sie denn dieser in Gegenwart ihrer Schwester teilhaftig werden möchte."

Barbara wandte sich, das Plaid schließend, um.

„Mir will nämlich vorkommen, dass wir Frauen, die wir zurückgelassen wurden, einander mit Rat und Tat beistehen sollten, desgleichen unsere Männer tun, besonders wenn sie in der Ferne weilen."

„Es ist kein Geheimnis vor meiner Schwester", sagte Barbara mit klarer Stimme und zog die Decke fester um sich, worauf die Hofmeisterin ihr Glas leerte, das Friedelena sogleich nachfüllte, und aus den Falten ihres Kleides ein elfenbeinernes Lorgnon sowie eine Depesche zog, die sie vor sich hinbreitete und im Kerzenschein der Ampel mit ihren gedrungenen, in schwarze Spitze gehüllten Händen glatt strich.

„An jedem Tag bringen die Fürstlichen Kuriere viele Briefe von dem Karlsbad nach Köthen, und es gehen viele zurück", begann sie, „aber den Inhalt des heutigen zu erfahren scheint mir von einer gewissen Wichtigkeit für die Frau Hofkapellmeisterin zu sein."

Für die Dauer von drei Lidschlägen tauchte jede der beiden Frauen in den Blick der anderen.

„Unser Durchlauchtigster Fürst scheinet der glücklichste Mensch auf Erden zu seyn, weil sein Bach der Fixstern ist, um den alle Abende die Bewunderer wie Trabanten kreisen. Er eilet von Triumph zu Triumph, ob mit seinem Orchestre, ob als Spieler auf der Geigen oder der Violen oder als unvergleichlicher Virtuos auf dem Clavicymbel. Alles applaudieret ihm, auch die anderen Fürsten und deren Musici; am meisten aber delectieret sich ein jeder Mann und eine jede Frau an seiner Liebe zu der Engels gleichen Cantante mit Namen Anna Magdalena, des Fürstlich-Weißenfelsischen Hoftrompeters Wilcke Tochter, welche er ganz offen zur Schau stellet, so als auch die Mamsell ihre Affectation nicht verberget, was der Fürst mit dem größten Plaisir protegieret, da sie die Opera von der unglücklichen désir und Amour des Jünglings Actéon zu der grausamen Göttin Diana, welche der Hofkapellmeister componieret, befördert, und von selbiger wir baldigst die ersten Exemples erwarten dürfen ...“

Die Nachtigall war verstummt, nur das Geräusch vom Zusammenfalten des Pergaments knackte wie dürres, von ersten Flammen erfasstes Brennholz durch die Stille.

„Ich bin Euer Erlaucht für dero Offenheit zu großem Dank verpflichtet“, unterbrach Maria Barbara endlich das Schweigen der drei Frauen, „Ihr erlaubt! – Martin!“, und entfernte sich ins Haus.

„Wann des Morgens und von welchem Ort geht der Fürstliche Kurier nach Karlsbad?“, rief Friedelena der Frau des Hofmeisters nach.

„Um die fünfte Stunde von dem großen Wassertor“, gab die Gräfin zurück und folgte dem mit einer Laterne den Weg leuchtenden Perger hinaus auf die nächtliche Wallstraße.

Hochfürstlich-Anhalt-Köthenischer Herr Kapellmeister, verehrter und geliebter Schwäher!,

kritzelte Friedelena im schwächer werdenden Schein der Ampel mit Kohlestift auf ein Blatt leeren Notenpapiers, das ihr im Flur in die zitternden Hände gefallen war.

Dass ein großes Unglück über uns hereingebrochen ist, muss ich Ihnen in aller Eile vermelden, da Ihre Frau und meine geliebte Schwester den Tag Ihrer Abreise nach Karlsbad von dem Medicus Gottlieb in Kenntnis gesetzet worden ist, dass der Karkinos in ihrer linken Brust sich vergrabet hat und auch ein Karkinoma bei ihrer Axilla wuchert, dergestalt, dass um ihr Leben die größte Sorge getragen werden muss, so nicht der Nodus unter der Achsel entfernet und die befallene Brust nicht amputiert wird. Weder die Kohlhappel der Kreuzblütler, weder Himbeeren, weder das Kreuzes Holz der Mistel von dem Eichbaum, weder die Gelbwurzel aus Indien können Hilfe geben.

Und also beschwöre ich Sie, geliebter Schwäher, bei dem Ihnen zu Getanen, Sie liebenden Fürsten um die Erlaubnis zur Reise nach Köthen ein zu kommen, wenn auch andere Occasiones dagegen stehen mögen, andern Falls Sie Ihr in aller Ewigkeit Sie liebendes Weib und Mutter Ihrer Kinder, so meine geliebte Schwester ist, auf dieser Erde nimmer mehr erblicken können.

Oh, kömmt, kömmt; wir bedürfen Euer.

Die Eure: Friedelena Bachin

Köthen, am 19ten Junius A. D. 1720

Karlsbad

23. Juni 1720

Bach begrüßte seinen Fürsten und dessen Gästeschar, die nach dem Diner im Böhmischen Saal nun in blumengeschmückten Booten der großen Musik zur Feier der Johannisnacht entgegenglitten, mit den königlichen Trompetensignalen seiner großen Ouverture in D, welche wiederholt werden musste, als die Festgesellschaft von fackeltragenden Lakaien aus den Schiffen auf die teppichbelegte Wiese vor das von Hunderten in lapislazulifarbenen Tropfengläsern schimmernden Öldochten illuminierte Sächsische Lustschloss geleitet wurden, dessen weit geöffneter goldschimmernder Saal samt Freitreppe zur grandiosen Bühne für nichts als seine Musik ausersehen war. Während auf allen verfügbaren und unzähligen herbeigeschafften kostbaren Sitzmöbeln die Plätze eingenommen wurden, denen in eisgekühlten

Kristallschalen Weine und Champagner beigestellt waren, welche von ländlich kostümierten Zwergen und Zwerginnen, Bäuerinnen und Bauern, Jägerinnen und Jägern vorstellend, auf silbernen Tabletts gereicht wurden, versammelte sich auf der von Kerzenbändern umrahmten, gegen den Garten hin ausladenden Sandsteintreppe der Chor der Köthener Sankt-Agnus-Kirche in israelitischen Gewändern, um die Kantate zur Taufe des Propheten Johannes im Jordan anzustimmen, dem ausdrücklichen Wunsch des Fürsten entsprechend, der sie von Bach mit den Worten „Wir wollen an diesem Abend nicht nur die Sonnenwende mit Feuern und Feuerwerken begehen, es beliebt Uns auch, die Johannisnacht und die ersten Stunden Ihres schönen Namenstages mit allem Glanz zu feiern, Unser lieber Johann Sebastian, und wer könnte eine bessere Musik zu diesem Fest liefern als Sie, unser gottgeliebter Bach" erbeten hatte.

Und wirklich schienen jetzt die Verse

Christ unser Herr zum Jordan kam
Nach seines Vaters willen

auf den pulsierenden Wellen des heiligen Stromes an den böhmischen Gestaden der kleinen Tepl zu zergehen.

Von Sanct Johanns die Taufe nahm,
Sein Werk und Amt zu erfüllen.

„Sein Werk und Amt zu erfüllen“, dachte Bach, während er die Holzbläser mit wenigen Bewegungen seiner rechten Hand rhythmisierte, Vogelstimmen in den Uferauen hatten sie vorzustellen, zwischen denen der Basso des dahinrollenden Flusses den ewig gültigen Bund der Taufe beschwor.

Da wollt er schaffen uns ein Bad,
Zu waschen uns von Sünden.

War er sündig, war er ab-gesondert von Gott? Musste er sich reinwaschen in dem Bad, das der Erlöser geschaffen hatte? Rein-Waschen, wovon? Von seiner Liebe zu Annalena, die sich dort hinten in dem von Hirschgründen eingefassten Jagdzimmer für ihren Auftritt in Diana verwandelte?

Sein Blick suchte den Fürsten, der sich des auf ihn einredenden Hofmeisters zu entledigen suchte, indem er an den Sesselrand rutschte, um dem Grafen zu bedeuten, dass er der Kantate zu folgen wünsche, was von Nostitz nicht daran hinderte, ihm aus einem Schriftstück, offensichtlich einem Brief, vorzulesen.

Es galt ein neues Leben!

Die Kantate war zu Ende und der Chor wurde vom enthusiastischen Applaus der Zuhörer ins Innere des Schlösschens gespült, aus dem schon die opalen schimmernden Anfangsakkorde der Sinfonia zu „Actéon und Diana“ alle Sinne des Publikums in einen Zauber zu bannen schienen, dem sich auch Leopold anheimgeben wollte, also beschied er seinen Hofmeister, den abgefangenen Brief Friedelena Bachs zu ignorieren, zu verbrennen und niemals ein Wort darüber zu verlieren, desgleichen mit aller etwa noch eintreffenden Post aus dem Hause Bach verfahren werden solle, denn welcher Umstand, zumal dann, wenn er so unabänderlich feststand wie dieser, könnte gerade jetzt schwer genug wiegen, die Flugbahn seines Komponisten zu zerstören und ihn auf dem Felsen eines unausweichlichen Schicksals zerschellen zu lassen.

Der See, den Diana sich zum Bad erkoren hatte, war nur der unbewegte Spiegel des keuschen Mondes, der sich für die schöne Göttin auftat, als sie in seine Fluten tauchte wie die Oboenstimme, die sie zu rufen schien, in eine kaum wahrnehmbare Bewegung der Streicher, welche auch dann noch unverändert anhielt, als wilde Hörner Actéons die Weihe dieses geheiligten Ortes zerrissen.

Fliehe, Jüngling,

schleuderte Diana dem Eindringling in aufgebrachten Triolen entgegen,

flieh' die Schatten
Dieser Mondlicht hellen Bäume!
Nimmermehr erwähl' ich dich zum Gatten!
Jäger, flieh' den Forst und fliehe deine Träume!

Punktierte Flöten, Oboen und Fagotte, das ganze Orchester schien die umklammernden, sich in

Sekundschritten niedersenkenden Jagdhörner aufbrechen und in die Flucht schlagen zu wollen.

Lass ab von deinem frevelnden Begehren!
Und willst du nicht der Göttin Reinheit achten,
Wird sie mit Fluch sich dein erwehren,
Zum Wild dich wandeln,
das deine eig'nen Hunde schlachten!

Den frenetischen Beifall des Auditoriums nahm Bach mit in die von schmetterten Hornrufen gepeitschte Musik der panisch dahingaloppierenden Flucht und Verwandlung Actéons in jenen Hirsch, der schließlich von seinen eigenen Hunden grausam zerrissen wird.

Und als die ersten Sterne über dem Tal der Tepl explodierten, begleitete er deren niederstürzende Kaskaden mit einer glanzvoll funkelnden Eröffnung in C, der die schönsten Tänze folgten.

Köthen

1. Juli 1720

„Er hat mir das Peingebind aus dreien Sichelmessern gezeigt!“, rief die vom Wolkenbruch des über die Stadt gefallenen Gewitters völlig durchnässte Barbara im Flur nach ihrer Schwester in der Küche, die sich sogleich, ihre knochigen Hände an der Leinenschürze trocknend, in der offenen Türe zeigte.

„Mit Sicheln will er meine Brust umfangen und mir vom Leib schneiden!“, schrie Barbara, das Regenwasser troff so sehr von ihr, dass sie in einer Lache stand.

„Desgleichen will er unter meiner Achsel tun!“, schrie sie noch lauter, und ein dreifacher Blitz schälte sie aufzuckend aus dem Dunkel des Hausflurs.

„Friede, hörst du, was ich dir sage?“ Das ohrenbetäubende Krachen eines viel zu nahen Donners ließ Friedelena den rechten Arm um ihre Schwester legen und nach oben in die Badestube führen, wo sie die Zitternde aus ihren triefenden Kleidern befreite, mit Leinentüchern abrieb, in eine wollene Decke hüllte und auf den Hocker neben der Kupferwanne setzte, um ihr von der Nässe dunkles Haar zu öffnen, zu entflechten und behutsam zum Trocknen einzuschlagen.

„Es ist ein Glück, dass die Kinder dein Schreien nicht hören konnten."

„Ich wusste die Buben in der Lateinschule und Catharina bei der Küsterin im Garten. – Ich musste schreien. Zum ersten Mal in meinem Leben habe ich geschrieen, geschrieen wie ich selbst beim Niederkommen meiner Kinder niemals schrie."

Sie stand auf, stellte sich vor den Spiegel, ließ die Decke zu Boden fallen und umschloss ihre linke Brust.

„Diese mit dem Karkinos muss abgetrennt und dieser Nodus", sie hob den linken Arm, „soll herausgeschnitten und dann mit Glut gesenget werden."

„Du wirst diese Prozedur erdulden, Barbara, ich werde dir das mit Apfelbrand getränkte

Schmerzholz zwischen die Zähne legen und die Finger deiner von dem Tisch gebundenen Hände mögen sich in die meinen krallen. Ich werde bei dir sein alle Tage, und in den Nächten auch!"

„Sprichst schon wie Christ, unser Erlöser! – Sag, war ich jemals schön? – Dermalen vor den sieben Kindern, von denen ich ihrer dreie dem Tode überlassen musste?"

Sie stand noch immer nackt vor dem Spiegel, einem Geschenk des Konsuls Regaznig, das dieser vor sieben Jahren, als sie nach Köthen zogen, zusammen mit den Noten Antonio Vivaldis, die ihr Mann aufs Höchste schätzen lernte, aus dem fernen Venedig brachte.

„Schön wurdest du, neun Jahr' war ich vor dir, ich hab dich schön und schöner werden sehen, meine Schwester." Sie trat hinter Barbara, umarmte sie, löste deren Rechte, schlang sie um ihren Hals und legte schützend die ihre um die kranke Brust.

„Und als du das sechzehnte Jahr erreichtest, war ich voll Eifer gegen dich ob deiner Schönheit, denn ich zählte schon fünfundzwanzig und hatte keinen Mann."

„Ach, Friede! – Kannst du ihn fühlen, den Karkinos mit seinen Spinnenbeinen, die er im Geweb' vergraben hat?"

„Ich fühl ihn, aber er wird weichen müssen, wie es der Medicus beschieden hat."

„Meine Brust wird weichen müssen, Friedelena!"

„Aber du wirst bleiben, Barbara! Der Tod hat fortan keine Macht mehr über dich."

„Der Tod hat immer Macht über uns. – Weißt du nicht mehr, wie uns der Vater das Lied lehrte", und sie sang mit leiser Stimme, *„es ist ein Schnitter, der heißt Tod, hat G'walt vom höchsten Gott!* – Ich werde nicht bleiben, Friedelena!"

Im Spiegel sah Barbara das tränennasse Gesicht der älteren Schwester neben dem ihren, so, wie sie sich noch nie mit ihrer Schwester gesehen hatte. Doppelporträt zweier Schwestern vor dem Gewitterhimmel, dachte sie und sagte „Friede, wie ist dir denn? Über mir ist das Gewitter niedergegangen, nicht über dir!", worauf sich Friedelenas Gesicht dem Bild entzog.

„Du wirst bleiben, Barbara!" Sie hatte die herabgefallene Decke aufgehoben, um Barbara gehüllt und sich hinter ihr verborgen.

„Mit Gottes Hilfe wirst du die Tortur überstehen und an der Seite deines Mannes bleiben!“

„Hast mir mein Bahrtuch umgelegt, Schwester! – Werd’ nicht bleiben, nicht an der Seite Bachs, der doch schon eine andre Frau an seiner Seiten hat. Was soll ich also da, unnütz wie ich bin, verstümmelt und ganz dem Tod anheimgegeben! – Gib mir deinen Blick, Schwester, komm hinter mir hervor!“

Langsam schob sich Friedelenas Gesicht wieder neben das ihre.

„Ich werde selber gehen, werde den Tod übereilen, werde Bach und seiner jungen Liebe nicht länger im Wege stehen, und du wirst mir dazu verhelfen, meine Schwester.“

Am Abend desselben Tages, nachdem das Nachtmahl eingenommen, die Buben ihr letztes Exerzitium absolviert hatten und zu Bett gegangen waren, trafen einander die Schwestern wie verabredet mit allen für Briefe und Depeschen nötigen Schreibutensilien in der Küche, weil sie an diesem Ort sicher sein konnten, dass keines der Kinder, deren noch so leiser Tritt auf der knarrenden Diele ihr Nahen verraten hätte, sie belauschte. Trotzdem war Friedelena nochmals an die Treppe geschlichen, um nach Catharinas Tür zu sehen, an deren Schwelle noch immer ein schmaler Lichtstreifen zu sehen war. Das Mädchen wollte sich weder von ihrer Mutter noch von ihrer Muhme zur Nacht entfernen, sie war seit dem Mittagstisch nicht von den Frauen, die sie nicht aus den Augen gelassen hatte, gewichen, als witterte sie ein Verhängnis, das sich über dem Hause Bachs verdichtete wie das kaum verzogene Gewitter, bis auf dessen noch immer auf Köthen niederprasselnde Regenfluten aber alles ruhig blieb.

Die Depesche, in der sie den in der Residenz verbliebenen Geheimen Rat Jost von Zanthier aufgrund einer ihr auferlegten unvorhergesehenen Reise um die Aufnahme ihrer Söhne auf dessen Landgut Paschleben bat, hatte Maria Barbara schon fertiggestellt. Martin sollte sie noch vor der Morgenjagd ins Schloss tragen und auf die Antwort dieses einflussreichen Paten ihrer Kinder warten. Sie legte ein neues Blatt auf, um den Brief an die Patin Catharinas, Martha Catharina Lämmerhirt, Bachs mutterseitige Muhme, zu beginnen, mit dem sie ihre Tochter, zusammen mit der nötigsten Ausstattung, Gegenständen ihres Besitzes und einer, wie ihr schien, dem Alter des Mädchens angemessenen Summe Geldes, für die Reise nach dem mit der Eilpost zwei Tagesreisen entfernten Erfurt zu versehen gedachte.

„Lass ab, Barbara, ich flehe dich an, lass ab von einem Plan, der nimmer Segen bringen kann", beschwor Friedelena die Schwester, entwand ihrer Rechten sanft die schlanke Schwanenfeder, steckte sie zurück in das kristallne Tintenglas, schob die rot aufleuchtende Weinkaraffe zur Seite, ergriff ihre Hände und setzte sich ihr gegenüber an den blanken Tisch.

„Bach weiß nichts von deiner Krankheit, er kann davon nichts wissen, weil niemand außer dem Medicus und mir darüber weiß, sodass keiner sie berichten, noch davon schreiben kann!"

„Was aber würd' es ändern, wenn er davon Kenntnis erhielte?", fragte Barbara und wollte ihre Hände dem festen Griff der Schwester entziehen.

„Wie sollte er jetzt noch zurück, weg von der jungen Wilcken Seiten, die der Fürst vor Jahresfrist schon engagieret hat, für die das Grand

Téâtre erbauet wird, das schon diesen Herbst mit seiner Oper eröffnet werden soll. – Ich will meinen Ehebund nicht trennen lassen durch einen Richterspruch, den unser Gnädiger Fürst, der Pate meines schmerzlich dahingegang'nen Jüngsten war, sanktionieren muss, noch will ich die Ehefrau neben einer Mätresse geben. – Lass mich, Friede, lass mich geh'n, und hindere nicht, dass ich für meine Kinder Sorge trage. Und bleib' an meiner Seiten, wenn ich dem Tod, den niemand zwingen kann, mich überlasse."

„Sitzest da in deinem schwarzen Kleid wie eine Witwe", antwortete Friedelena, löste ihre Hände und trank hastig von dem roten Wein, während ihre Schwester die Feder aus der Tinte nahm.

„Bin die Witwe nach dem Bach, der mir durch seine neue Lieb' gestorben ist", entgegnete Barbara und beschied die Patin Catharinas mit der Nachricht, dass ihr eine unerwartete und lange Reise anbefohlen sei, weshalb sie um Quartier und Sorge für ihre Tochter, die das Nötigste, auch für ein Künftiges, mit sich führe, von Herzen bäte und ersuche, um Gottes, des Allmächtigen und seines Sohnes Christi willen.

Köthen

4. Juli 1720

Obwohl die Sonne schon längst hinter den hohen Bäumen versunken war, saßen die Schwestern noch immer auf der Bank an der gartenseitigen Hauswand. Im Haus war es still, ganz still. Die Kinder waren fort, Martin Perger für diesen Abend zum „Goldenen Lamm“ entlassen; bis er wiederkam, um in der Dachkammer seinen kurzen Schlaf zu finden, würden sie alles hinter sich gebracht haben.

Barbara hatte, als ihre Schwester mit der Zubereitung des Desserts aus den nachtblauen Kirschen begann, die sie in den vergangenen Tagen an den Rändern und in den Lichtungen der weit sich ausdehnenden Parkanlagen gesammelt hatten, die Anfangsworte jener Choräle, die sie sich in ihrer Not leise betend vorzusingen nicht enthalten konnte, an den Rand der Leidensgeschichte

Christi nach Johannes als tröstende Nachricht an ihren Mann in dessen Bibel geschrieben, auf dass er sie entdecken könne, wenn die Zeit der Passion des Erlösers gegen Ostern hin wiederkehren würde. Dann war sie ins Schlafzimmer gegangen und hatte sich jenes vor Tagen aus der großen Truhe geborgene leinenweiße Mieder auch über jenen Rock getan, gerade so, wie sie sich bei ihrer Hochzeit trug. Sie hatte ihre Schwester in der Küche aufgesucht, um sich das Mieder schnüren zu lassen, naschte derweil übermütig zwei Hände voll der großen dunklen Beeren und war erstaunt darüber, dass noch alles passte.

„Und bedecket der gestoß'ne Zucker nicht die Teufelskirschen wie unschuldiger Schnee?“, wandte sie sich lächelnd an ihre Schwester, als sie, schon von Kerzenschein umgeben, erneut aus der bis an den Rand gefüllten knochenweißen Schüssel aß. „Und schmecket süß, nicht bitter wie der Tod!“

Eine für diese Stunde fast schon verspätete Amsel begann sehr nahe von den Frauen ihr weit ausgespanntes Abendlied.

„Hörst du, wie sie, uns zu grüßen, die Nachtigallen äfft? Bach sagt, dass sie die größten Sänger seien, größer noch als Nachtigallen. Lass uns ihrem Gesang ein wenig lauschen, derweil ich meine Kirschen esse. Mir ist – mir wird – alles bleibt so gut!“

Friedelena legte den Arm um ihre Schwester, den diese von sich stieß.

„Komm, wir geh’n hinauf, ich esse oben weiter, es ist ja nicht mehr viel“, sie schnellt auf, „bring mir die Schüssel nach, ich möchte spielen!“

Sie fliegt die Treppe hinauf und beginnt eine Bassfigur ins Spinett zu hämmern, über der sie eine lang gezogene Melodie singt.

„Fütter’ mich, du musst mich füttern, Friede, so wie du es ehedem getan hast, als ich noch dein kleines Bärbelchen gewesen bin“, ruft sie der nachkommenden Schwester zu, die ihr die letzten, gierig aufgenommenen Beeren mit dem Löffel einflößt.

„Und jetzt spiele, spiele! Spiele, was ich singe! Du musst es auf der Geige spielen, es ist auf die Geige gesetzt! – Wirst du endlich die Geige holen! Dort liegt sie doch, auf dem Schreibtisch, bist du blind? So hol sie doch!“

Während Barbara, immer lauter werdend, weitersingt, nimmt Friedelena die Violine auf, steht vor ihrer Schwester, nicht wissend, was sie intonieren soll.

„Du kannst es nicht? Oder singe ich zu schlecht? Ich sing' zu schlecht! So gut wie die Wilcken kann ich es natürlich nicht! Die hat auch nicht sieben Kinder auf die Welt gebracht! Wird schon anders werden, wenn sie ins Gebären kommt! – Was stehst du da? Such' die Noten, die Noten sollst du suchen, dumme Gans!", und meißelt wie besessen mit beiden Händen die Bassfigur in das zarte Instrument, das dieser Wucht kaum mehr standhalten kann. Plötzlich schnellt sie, jetzt die Melodie schreiend, vom Spinett, reißt den Notenschrank auf und wirft Hunderte von Blättern hinter sich, bis sie, am Boden kauernd, das Gesuchte findet.

„Da, hier, da ist es! Es ist ein Tanz! Ein Tanz aus einer ganzen Folge von Tänzen, es ist eine Air! Die ist mein Todestanz!" Sie reißt das Bild ihres Vaters von der Wand, heftet das Blatt an den Nagel und fliegt zurück an ihr Instrument, um die Basstöne wieder aufzunehmen.

„Wie lange muss ich noch warten, bis du spielst, was da an diesem Haken hängt? So spiel doch schon!“

Friedelena tritt bebend vor das Blatt und versucht, die unendlich zarte Gesangslinie über die Bassfigur ihrer sterbenden Schwester zu spannen.

„Spielen sollst du, nicht kratzen, das ist ein Lied, ein Lied! Das ist mein Todeslied! Das sollte dir doch, im Angesicht meines Todes, besser gelingen, Schwester! Es ist das letzte, das ich höre! – Ja, ja, schon besser! – Jetzt wird es besser, es beginnt zu singen! – Weißt du noch, wie wir alle bei meiner Hochzeit in Dornheim beieinander waren, die ganze Bachfamilie? Es waren nur Bache da, und Bachinnen, weil wir doch alle miteinander verwandt waren! – Spiel weiter, jetzt ist es schön! – Vielleicht war das der Fehler in dem Gewebe! Und älter bin ich auch, beinah' um zwei ganze Jahre! – Friede, weiter, bitte spiele weiter, Friede, hör nicht auf, hör nicht auf, spiel weiter, immer weiter – immer –“

Erst als Barbara mit einem Schrei zu Boden gefallen war, ließ Friedelena Geige und Bogen auf dem nahen Fensterbrett, warf sich neben ihre

Schwester, die sich wie eine Ertrinkende an sie klammerte, bis ihr Atem unter heftigen Zuckungen verendete und eine grenzenlose Verwunderung in der bodenlosen Tiefe ihrer weit aufgerissenen bernsteinfarbenen Pupillen versank.

Köthen

7. Juli 1720

In den zwei Nächten, die Friedelena bis zum Begräbnis ihrer Schwester blieben, hatte sie fast den gesamten restlichen Besitz Maria Barbaras sowie all ihre eigenen Habseligkeiten, Kleider, Bücher, die Bibel und etliche kleine Gegenstände, zusammengesucht und in den Flur getragen, wo sie diese in Kisten verpackte, die von Martin Perger herbeigeschafft worden waren, um sie nach Ohrdruf zu senden, der Stadt, in der sie noch immer Mitglieder der Familie Bach wusste. Martin würde sie am nächsten Tag zu der Stelle am Marktplatz karren, von der die allgemeine Post die Stadt verließ, das Geld für den Transport hatte sie ihm bereits übergeben. Für sich hatte sie nur einige Kleider, Decken, Tücher, die Noten etlicher Stücke Bachs, die ihr teuer waren und die sie doppelt vorhanden fand, wohlgeordnet auf ihre zwei Reisetaschen verteilt.

Sie ging noch einmal durchs Haus, in jedes Zimmer, um sich zu versichern, dass alles aufs Genaueste bestellt war und so verlassen werden konnte. Das Musikzimmer betrat sie zuletzt, weil sie hier ihren Brief, den sie nunmehr zum fünften und letzten Mal las, an den Herrn Hofkapellmeister zu deponieren gedachte.

Hoch Geehrter Herr Hochfürstlich-Anhalt-Köthenischer Hofkapellmeister, geliebter Schwäher und Ehegatte meiner vordem verschiedenen Schwester!

Wie Sie aus meinen letzten verzweifelten Briefen nach Karlsbad wissen, ist ihr Eheweib Maria Barbara, geborene Bachin, meine geliebte Schwester, völlig unvorbereitet von dem Karkinos befallen worden, selbigen der Medicus Immanuel Gottlieb von der Schalaunischen Straße mit dem Peingebinde zu entfernen gedachte, worein sie aber nicht consensuierte, ad unum, weil ihr die längste Zeit schon die Kunde von Ihrer großen amour zu der Sängerin Wilcken zu Ohren gebracht wurde (worauf ich mit meinen lettres an Sie begann), ad secundum, weil ihr in

Anbetracht eines solch Ausweg losen Factums, so sie nicht Einfluss noch Response hat, die Erduldung einer solchen Tortur ohne jeglichen Sinn erschienen ist.

Alles Dieses in ihrem Kopf und Herzen und vor unserm Herren Christus prüfend und erwägend, hat sie den Entschluss gewonnen, aus freien Stücken dieses irdische Leben zu verlassen, auch um nicht in dero neuer Bahn zu stehen, noch diese zu behindern. Sie segnet Sie und wünschet Ihnen alles Glück, des ein Mann auf dieser Welt teilhaftig werden kann.

Den Tag haben wir sie zu Grabe getragen und bestattet, was der Pastor von Sankt Agnus, allwo ihr ein Kirchenstuhl zu eigen war, mit großer Würdigkeit besorget hat. Etlich Leute waren da in großer Trauer zugegen, auch der Geheime Rat von Zanthier samt seiner Gattin, auf dessen Länderei Ihre Söhne sich befinden, die nichts von dem Entschlusse ihrer Mutter wissen, noch Catharina, die zu ihrer Patin nach Erfurt geschicket wurde. Dies alles geschah nach dem Willen Ihres Eheweibes, vor dem dass sie dieser Welt entsaget hat. Selbst das Kreuz auf ihrem Grabe hat sie noch ausgewählet bei dem Steinmetzen in der Kirchen Gasse, welcher Jacobus Siebenhirter mit Namen heißt.

Auch die Frau Hofmeisterin von Nostitz waren zugegen, und alles war tief aufgewühlet von dem plötzlichen Heimgange der Frau Hofkapellmeisterin, Ihrer treuen Gattin, meiner teuren Schwester.

Suchet nicht nach mir, teurer Schwäher, und nehmet meinen Dank für alle Wohltaten, derer ich in Ihren Häusern habe teilhaftig werden dürfen, und welche niemals, bis zu meinem Tode nicht, von mir vergessen werden.

Indem ich Ihre und Ihres Weibes, meiner Schwester Kinder Ihrer Huld und Gnade übergebe in der Gewissheit, dass es gute Geschöpfe unseres Herrn und Gottes sind:

die Ihre: Friedelena Bachin

Köthen am 7ten Julius A. D. 1720

Sie öffnete das chinesischrot gelackte Lautenclavier, faltete den Brief dreimal zu einem Band, flocht es zwischen die Saiten des Instrumentes, schloss es wieder und überzeugte sich, dass schon beim Anschlag weniger Töne ihre Botschaft schnarrend wahrgenommen werden musste. Dann begab sie sich in den Flur, nahm ihre Taschen auf, trug sie in den Hof und setzte sich auf die warmen Sandsteinstufen des Eingangs, um auf die Kutsche des Geheimen Rates von Zanthier zu warten, die sie nach Paschleben bringen würde, wo sie auf Bitten des Rates und seiner Gemahlin die Söhne Bachs mit dem plötzlichen Tod ihrer Mutter vertraut machen sollte.

Für den morgigen Tag hatte ihr Jost von Zanthier einen Wagen für drei Tagesreisen überlassen, ein Geschenk, das sie nur zu gerne angenommen hatte, wollte sie doch nach Venedig, um die Musik Antonio Vivaldis, die, wann immer Bach sie spielte, ihrer Seele das Fliegen gelehrt hatte, besser kennenzulernen.

Köthen

21. Juli 1720

Bach stand vor einem von der Tiefe eingesogenen, mit verdorrten Rosen angefüllten umgestülpten Erdhügel, der die aus dem wuchtigen Stamm eines Steinkreuzes gemeißelte Inschrift als das Grab seiner Frau auswies.

Maria Barbara Bachin
N. 20. Octobris A. D. 1684
M. 4. Julius A. D. 1720

Es war still, kaum ein Laut, nur das dreimalige Tschilpen einer Amsel, die vor dem Eindringling warnte; selbst das aufgezogene Unwetter schien sich mit einem dumpfen Grollen von ihm zu entfernen.

Er war leer, nichts mehr war in ihm, kein Gedanke, kein Gefühl, er empfand – nichts, und diese Leere war umschlossen von einer Lähmung all seiner Glieder, selbst sein Atem stockte, und der Schlag seines Herzens setzte aus, pochte, setzte aus, pochte, seltsam unterbrochen, in keinem Rhythmus. Die Welt schien still zu steh'n in seiner Leere, die Zeit schien still zu steh'n in dieser Leere. Alles war außer Kraft gesetzt. Bach war aus dem Raum und aus der Zeit gefallen.

So fand ihn Martin Perger, der ihm nachgegangen war und acht Viertelstundenschläge lang in einiger Entfernung wartete, bis er sich überwinden konnte, seinen Herrn zu fragen, ob er etwa zum Nachtmahl aus dem „Goldenen Lamm" die Speisen holen solle, was er nach einiger Zeit deutlicher wiederholte, weil Bach ihn offenbar nicht hören konnte. Also entschloss er sich, vor ihn hinzutreten und wollte sich schon hinter das Kreuz begeben, als Bach ihn wahrzunehmen schien, wie entrückt auf ihn zuging und ihn umarmte. Perger wusste weder, wie ihm geschah, noch, was er mit seinen Händen machen sollte, also legte er sie behutsam auf Bachs Rücken. Als er seinen Hals nass werden fühlte, wagte er, die feste Umarmung zu erwidern, was ein heftiges

Zucken zur Folge hatte. Bach weinte wie ein Kind, er klammerte sich an seinen Diener und blieb so, bis die Strahlen der Abendsonne die schwarze Gewitterwand durchbrochen hatten.

Dann gingen sie heim, der siebzigjährige Martin Perger neben seinem halb so alten Herrn, sie sprachen kein Wort. Perger öffnete die kleine Pforte des Hoftors, dann die Haustüre, und zog sich, nicht ohne ein Glas und eine Karaffe roten Weins in das Musikzimmer gestellt zu haben, zurück, nachdem ihm Bach bedeutet hatte, dass er an dem heutigen Abend keines Nachtmahls mehr bedürfe.

Bach stand nun allein inmitten seines Musikzimmers und sah von Instrument zu Instrument, das Clavicymbel war wieder aufgebaut, die Violine lag neben ihrem Bogen auf dem Spinett, das Lautenclavier war zugeklappt, der Notenschrank geschlossen. Es herrschte eine fast unheimliche Ordnung in dem von vier Fenstern durchbrochenen Raum, den er plötzlich als sinnlos empfand, weil keine Musik darin erklang. Auf dem Clavicymbel schlug er die ersten Akkorde an und fand sie verstimmt, was ihn nicht überraschte, weil das kostbare Instrument durch den Transport von Karlsbad nach Köthen seine Stimmung verloren haben musste. Er goss Wein in das auf dem Schreibtisch stehende Glas, trank daraus und legte seine Linke für einige Harmonien auf die Tastatur des Spinetts, das er ebenfalls aufs Heftigste verstimmt fand, was er sich nicht erklären konnte. Im Vorbeigehen setzte er noch einen Lauf auf das in die Ecke geschobene Lautenclavier, dessen schnarrende Töne ihn den Deckel öffnen hießen. Er fand das in die Saiten geflochtene Papier, setzte sich und las es, wobei sein Blick immer wieder zu der Zeile *aus freien Stücken dieses irdische Leben zu verlassen, auch um nicht in dero Bahn zu stehen* zurückkehrte.

Es war zu spät, den Steinmetz aufzusuchen, es war zu spät, um bei der Gräfin von Nostitz oder dem Geheimen Rat von Zanthier vorzusprechen, es war auch zu spät, Martin aus dem Schlaf zu reißen. Er leerte sein Glas, goss nach und las den Brief wieder und immer wieder, weil er seinen Inhalt nicht fassen konnte: Depeschen, Briefe, an ihn? Er hatte niemals welche erhalten, er wusste nichts von der Krankheit seiner Frau, kannte nicht die drängenden Appelle Friedelenas, zurückzukehren, wusste nicht, dass seine Liebe zu Anna Magdalena in Köthen die längste Zeit bekannt war; er fühlte sich elend und erbärmlich, da er nichts, nicht das Geringste in Händen hielt, nichts als den Brief der Schwester seiner Frau, die verschwunden zu sein schien, untergetaucht ohne den kleinsten Hinweis auf ein Ziel, eine Bleibe, die ihre Verhältnisse ermöglichen könnten.

Bach glitt von seinem Sessel und breitete sich kopfunter zu Füßen seiner Instrumente auf den Boden, wo ihn Martin Perger am nächsten Morgen fand und, aufs Höchste besorgt, wach rüttelte.

Karlsbad

Juli 1720

Geliebter, du meine Hoffnung
und mein ganzes Glück!
Nimmer kann ich auf deine Treue bauen,
Will meine Zukunft nicht zerstören,
nicht mein Glück!

Anna Magdalena ließ die Beifallswelle des begeisterten Auditoriums, das sich an diesem Abend zum Abschied des Fürsten Leopold in der goldgrün schimmernden Hülle des Sächsischen Festsaals eingefunden hatte, über sich ergehen, indem sie sich in einen tiefen Hofknicks duckte, aus dem sie wahrnahm, dass der Hofmeister des Fürsten aufgestanden war und sich heftig applaudierend ihr näherte, aber unweit des Podiums verhielt, weil das Dacapo jener Arie aus „La verità in cimento", der neuesten Carnevalsoper Antonio Vivaldis, die der Graf von Sporck, ein glühender

Verehrer des gefeierten Komponisten, aus Venedig mitgebracht hatte, stürmisch eingefordert wurde.

Als sie sich zum fünften Mal erhoben hatte, gab sie dem jungen, unverwandt auf sie starrenden Kapellmeister der den heutigen Abend bestreitenden Fürstlich-Weißenfelsischen Hofmusik das Zeichen für die Wiederholung jener von sanften Wellen geschaukelten Klage der vergeblich liebenden Roxane aus der „Wahrheit in Bedrängnis" und überließ sich aufs Neue dem wiegenden Rhythmus ihrer unendlich zarten Melodie:

Geliebter, du meine Hoffnung und mein ganzes Glück!

Als die Weißenfelsische Hofmusik die Akklamation in die stürmische Sinfonia der Opera überführte, konnte sie endlich das Podium verlassen, wurde aber sofort vom Grafen von Nostitz aus dem Saal gebeten, weil er eine wichtige Nachricht zu überbringen habe. Sie folgte dem Hofmeister gerne auf die kühlere Freitreppe, nahm den von einem wie ein venezianischer Gondoliere kostümierten Zwerg angebotenen Kelch mit Champagner vom Silbertablett, atmete tief die heu-duftende

Nachtluft ein und erfreute sich des fackelbeleuchteten Ufers der Tepl, an dem sich die Laternen der friedlich nebeneinanderliegenden Boote kaum merklich gegeneinander verschoben.

„Unvergleichlich dero Gesang, Demoiselle Wilcken, wir können uns überglücklich schätzen, dass Sie dem Ruf unseres Gnädigsten Fürsten nach unserem geliebten Köthen die Folge nicht verweigert haben."

„Ja!", antwortete Anna Magdalena, „auf eine glückliche Zeit mit der neuen Opera-Musique Bachs in dem neuen Opera-Teatre", stieß an und sah dem Grafen in die Augen, dessen Blick auf sein Glas abschweifte.

„Wie ist denn Euer Erlaucht zumute? Soll ich alleine auf beide trinken, auf den Gnädigsten Fürsten und auf den Bach, seinen Compositeur? – Ich tu' es gerne", lachte sie und hob erneut ihr Glas.

„Es ist um Bach, geehrtes Fräulein, weshalb ich Sie um diese Unterredung bat."

„Um Bach? Was ist mit Bach? Ist ihm etwa auf der Reise nach Köthen ein Unglück widerfahren? – So reden Sie doch, Graf, ich bitte Sie! Sie müssen meiner nicht verschonen!"

„Es ist an dem, dass sein Eheweib und Mutter seiner Kinder während seiner hiesigen Präsenz von dem Karkinos befallen worden und vor etlich Tagen verschieden und begrabet worden ist, wovon der Fürstliche Herr Hofkapellmeister nicht Kunde erhalten hat, weshalben er nunmehr bei seiner Rückkehr hat all's so finden müssen."

Anna Magdalena konnte nichts denken, so sehr fühlte sie sich von dem unendlich zarten, gleichgültig dahinfließenden Andante aus der Sinfonia des Venezianers aufgenommen und weggetragen, weg, weit weg, weg von Karlsbad, weg von Köthen und weg von Weißenfels.

„Woher wissen Erlaucht –?", schrie sie schließlich in den Sturm des wiedereinsetzenden Allegro.

„Durch einen Lettre der Gräfin, meiner Frau, welchen der Fürstliche Kurier des Abends überbracht hat."

Annalena stellte ihr Glas auf die Balustrade. „Ich danke Euer Erlaucht für diese wahrlich unvermutete Nachricht", und schritt die Stufen hinab auf die Wiese vor dem dunklen Fluss, an dessen Ufer sie kurz verweilte, dann aber umkehrte, um den lärmenden Festsaal hinter sich lassend, zum Tempel der Diana hinaufzusteigen, der Feierstätte ihrer Liebe.

Es war warm darin, die Kerzen in den Wandranken erfüllten den fast kreisrunden Raum mit dem Schein der Erinnerung an die untergegangene Sonne. Sie setzte sich auf die rechte der umlaufenden Bänke, starrte auf den intarsierten Bogen der Jagdgöttin, auf die strahlenförmig von diesem austreibenden Pfeile und wunderte sich, dass über ihre bloßen Unterarme Wasser rann. Sie weinte und wusste nicht warum. Sie lehnte sich an den Ofen der Diana und zog den rosenbestickten Überrock aus Seide über ihr Gesicht, aus Scham, weil sich zuvor der Gedanke an eine plötzlich gewonnene Freiheit, einen freien Weg, eine freie Zukunft in ihrem Kopf, in ihrem Herzen und in ihrer Seele festgesetzt hatte, wie der Karkinos in der Brust Maria Barbaras.

Im ersten Frühlicht verließ sie den Tempel, weckte einen Diener, ließ anspannen und sich zu ihrem Quartier in Karlsbad bringen, wo sie eilig packte, um mit der ersten Post nach dem Anhaltischen Sachsen abzureisen.

Köthen

Juli 1720

Die Tage gingen hin, ohne dass Bach das Haus verließ. Er aß nichts, steckte sich nur bisweilen eines von den Brotstücken, die Perger auf die Treppenstufen gelegt hatte, in seine Westentasche, nachdem er die Latrine hinter dem Küchenausgang aufgesucht hatte. Dabei nahm er auch die frisch mit Rotwein gefüllten Tonkrüge mit hinauf ins Musikzimmer, wo er sich tags und nachts aufhielt. Er war noch immer in seinen Reisekleidern, deren Rock er manchmal über sich warf, wenn er auf den Satteldecken, die Martin in der Ecke auf den Boden gebreitet hatte, in einen kurzen Schlaf fiel. Seine Perücke hatte er hinter den geschlossenen Vorhängen auf einem der Fensterparapete vergessen, er war seit mehr als einer Woche unrasiert und ungewaschen, saß die meiste Zeit auf der Chaiselongue zwischen dem Noten- und dem

Bücherschrank, ernährte sich von Wein, starrte vor sich hin und schien auch nicht wahrzunehmen, dass sein Diener an jedem Abend in Strümpfen neue Kerzen aufsteckte, die leeren Krüge aufnahm und lautlos die Türe schloss. Er hatte keines seiner Instrumente mehr berührt, aber immer wieder suchte sein Blick den Brief Friedelenas neben der Geige auf dem Spinett, als wollte er sich davon überzeugen, dass er wirklich vorhanden war, obwohl er ihn herunterbeten konnte wie das Schuldbekenntnis vor dem Abendmahl.

Alles Dieses in ihrem Kopf und Herzen und vor unserm Herren Christus prüfend und erwägend, hat sie den Entschluss gewonnen, aus freien Stücken dieses irdische Leben zu verlassen, auch um nicht in dero neuer Bahn zu stehen, noch diese zu behindern. Sie segnet Sie und wünschet Ihnen alles Glück, des ein Mann auf dieser Welt teilhaftig werden kann,

sprach er dann vor sich hin, wieder und wieder. Einige Male sagte er es lachend, einige Male weinend, einige Male sagte er es ohne Stimme wie ein

Karpfen, der am Ufer eines Teiches vergessen worden war, ohne abgeschlagen worden zu sein.

Am Morgen des elften Tages erhob er sich von seinem Lager, fand sich vor dem Bücherschrank, in dessen Scheiben er sein eigenes verwildertes Gesicht, das ihn vor einer langen Reihe ledergebundener Buchrücken anstarrte, erst nach einem zweiten Blick erkannte. Wie um einen Spuk zu vertreiben, öffnete er die Türen und entzifferte die goldenen Prägungen Buch für Buch, obwohl er deren Reihenfolge blind hätte hersagen können. Mit den Fingern seiner rechten Hand kippte er einen mächtigen Folianten von dem Eichenbrett, fing ihn auf und war erstaunt darüber, dass er ihn mit seiner Linken kaum halten konnte, ließ ihn zu Boden sinken, löste, auf einem Bein tänzelnd, mit seinem unbeschuhten Fuß die Verschlussbänder und klappte den mit einem mächtigen Kreuz geprägten Deckel auf.

Die Bibel
oder die ganze
Heilige Schrift
des
Alten und Neuen Testaments,

verdeutlicht
von
D. Martin Luther,

zitierte er, auf einem Bein zum Spinett hüpfend, die Zeilen des ersten Blattes, nahm die Geige auf, stimmte sie und spielte sich in den Rhythmus einer Ciaccona, in deren wiederkehrendem, sich immer tiefer bohrendem achttaktigen Stollen er in weiten Kreisen um die Bibel tanzte, bis er etwas wie einen dünnen Zweig mit einem vergilbten Blatt aus dem Block der Seiten blühen sah. Er hielt inne, kniete nieder, wendete die Last des Buches von dem Zeichen und fand ein kreuzförmiges Ästchen mit jeweils einem getrockneten dunkelgrünen Blatt an den aufstrebenden Enden der zarten Kreuzbalken; nur das an der Spitze hatte sich in der Luft zu einem Schmetterlingskokon zusammengerollt. In der Verzweigung des Geästes aber schien sich ein aufgebreiteter fünfzackiger Blütenkelch zu drehen wie ein Sternenrad, das vom Gewicht der bedruckten Seiten angehalten worden zu sein schien.

Bach hob das zerbrechliche Gebilde von den Textkolonnen, um das durch die Blattfeuchtigkeit eingegrenzte Umfeld lesen zu können, ehe er sich anschickte, die in Kohlestrichen daneben notierten Anmerkungen zu entziffern.

Da stand ein Gefäße voll Essigs. Sie fülleten aber einen Schwamm mit Essig und legten ihn um einen Isopen und hielten es ihm dar zum Munde. Da nun Jesus den Essig genommen hatte, sprach er: Es ist vollbracht! Und neiget das Haupt und verschied.

Und in dem freien Band neben dem Druck stand in der klaren Handschrift seiner Frau geschrieben:

Wo soll ich fliehen hin,
weil ich beschweret bin?
Wo kann ich Rettung finden?
Den Tod niemand zwingen kunnt
Bei allen Menschenkindern!
Den Tod, den Tod, den Tod
Christ lag in Todesbanden
Für unser Sünd gegeben,
Der ist wieder erstanden
Und hat uns bracht das Leben.

Das war die von Barbara über alles geliebte Kantate, die in ihrer Verlobungszeit auf die Verse von Martin Luther entstanden war, die er mit ins Reisegepäck nahm, um sie in Mühlhausen, wo er sich um das Amt des Organisten beworben hatte, zu präsentieren! Barbara war heimlich mitgereist, indem sie einen Besuch bei ihrer Patin in Ohrdruf vortäuschte. Zweiundzwanzig war er damals, gewann überzeugend die Stelle, und für den Herbst beschlossen sie die Hochzeit, voller Lust, ins Unbekannte aufzubrechen. – Und diese Worte standen da, in ihrer klaren Schrift, sogar ihr Monogramm hatte sie daruntergesetzt, die von einer feinen Linie geteilte 8 als stehendes Zeichen für die Ewigkeit, das aus den gespiegelten Anfangsbuchstaben ihres Namens zusammengefügt war, gleich einem Stundenglas: Barbara Bach.

„Den Tod, den Tod niemand zwingen kunnt?“, fragte Bach mit brechender Stimme in die abgedunkelte Stille zwischen seinen Instrumenten, griff nach dem zarten Kreuzgebinde, starrte es lange an und hasste sich dafür, dass er sich seines Tränensturzes, dessen Tropfen ungehindert über die geöffneten Buchseiten rannen, nicht erwehren konnte. Mit dem Ärmel seines Hemdes versuchte er, die Rinnsale aufzutrocknen, „Christ lag in Todesbanden“ flüsternd, dann krächzend, allmählich aber das seltsame Gebilde in seiner Linken ansingend, auf dem sich das Rad des Teufels wie die Windflügel einer Mühle zu drehen schien.

„Christ lag in Todesbanden, den Tod, den Tod, den Tod, den Tod niemand zwingen kunnt!“ Er riss die Violine an die Schulter und begann, sein Geheul mit wild rhythmisierten Akkorden zu umkreisen, vor sich her zu jagen, mit ohnmächtigem Schmerz in den bodenlosen Abgrund seiner Leidenschaft zu stürzen, dem er dann in panisch aufflatternden Arpeggien zu entkommen suchte, bis er im Augenwinkel den weißen Haarkranz seines Dieners zwischen den aufgeschobenen Türflügeln wahrnahm.

„Was wagt Er? Spioniert Er nach mir? Ich habe Ihn nicht gerufen? Er soll mich lassen!“

Pergers entsetztes Gesicht verschwand.

„Papier soll er mir bringen und den Zeilenrechen! – Warum sind diese Dinge nicht an ihrem Platz, Martin Perger?“

„Weil die Herren Söhne in der Stube des jungen Herrn Friedemann das Notensetzen exerzieret und dabei für dero Vater, den Fürstlichen Herrn Hofkapellmeister, gar viele leere Blätter gezeichnet haben. – Es ist mein Alter, das sie mich dort vergessen ließen, wofür ich um Verzeihung bitte."

„So bring' sie schon und lass Er mich, bis Er mich seinen Namen rufen hört! Versteht Er das?"

„Ja, Herr Hofkapellmeister."

Bach schenkte sich den letzten Rest des Rotweins in sein Glas, tauschte den leeren Krug gegen das Notenpapier, setzte sich an den Schreibtisch, begann wieder *den Tod, den Tod, den Tod, den Tod niemand zwingen kunnt* zu singen und goss sein vorheriges schmerzzerrissenes Violinspiel in die endlose Form des Todestanzes einer Ciaccona, in deren unauslotbaren Tiefen er die Klagegesänge seiner Frau als geheimnisvolles Denkmal ihrer Todesqualen und seiner Schuld versenkte.

Christ lag in Todesbanden
Für unser Sünd gegeben,
Der ist wieder erstanden
Und hat uns bracht das Leben.

Wo soll ich fliehen hin,
Weil ich beschweret bin?
Wo kann ich Rettung finden?
Wenn alle Welt herkäme,
Mein' Angst sie nicht wegnähme.

Als Martin Perger am späten Abend desselben Tages mit einem Krug Wein und frischen Kerzen in den Musikraum schlich, fand er seinen Herrn auf dem Boden gestreckt darin vertieft, mit dem weißen Ärmel seines Hemdes den schwarzen Rand einer Buchseite zu reinigen, weshalb es ihm auch möglich war, den Wein auf den Schreibtisch zu stellen und sogar die Kerzen zu wechseln, ohne von diesem bemerkt zu werden.

Köthen

August 1720

Wie eine Bettlerin hatte Annalena an die Pforte des Hauses in der Wallstraße gepocht, lange und wiederholt, bis sich endlich das kleine Tor öffnete und der Kopf eines alten Mannes hervorlugte, der sie nach ihrem Begehr' fragte. Sie wolle den Fürstlichen Herrn Hofkapellmeister sprechen, antwortete sie bereitwillig. Der sei nicht zugegen, beschied ihr der Hausdiener und wollte die Türe zuziehen, was einen herben Stich durch ihren rechten Fuß jagte, weil sie diesen blitzschnell in deren Dickung geschoben hatte.

Sie sei Anna Magdalena, die Wilckin, welche von dem Gnädigsten Herrn und Fürsten Leopold als Hofsängerin an den Fürstlich-Anhalt-Köthenischen Hof engagieret worden sei, weswegen sie den Fürstlichen Herrn Hofkapellmeister aufsuche und zu sprechen wünsche. Perger beugte sich erstaunt zu dem blumenbestickten Frauenschuh nieder, der ihn daran hinderte, den Durchgang im Gartentor zu schließen. Dann glitt sein Blick über ein aus dem Hüftgitter wie ein Kelch sich öffnendes Mieder, das ein von einem orientalisch anmutenden Schulterüberwurf kaum bedecktes alabasterfarbenes Dekolleté emporhob, über dem ein rundgeschliffener Kristall die fast waagrecht einfallenden Sonnenstrahlen dieses Nachmittags aufnahm und in unzähligen Lichtern zitternd auf die Brust und das Antlitz des Greises zurückwarf, dessen Blick Annalena mit dem Ausdruck der Verwunderung, des Staunens, des Erkennens und des unverhohlenen Hasses umfing und nicht mehr freizugeben schien, bis sie den bedrohlichen Bann mit der klar gestellten Frage, wo sie als Fürstlich-Anhalt-Köthenische Hofsängerin den Fürstlich-Anhalt-Köthenischen Hofkapellmeister in einer wichtigen und unaufschiebbaren Angelegenheit sprechen und allso jetzo antreffen könne, brach.

Der Herr Fürstliche Hofkapellmeister befände sich in der Sankt Agnus-Kirchen, allwo er nicht zu stören sei, weil er sich aus freien Stücken dazu entschlossen habe, das Abendmahl auf der großen Orgel zu akkompagnieren, beschied Perger der jungen Frau, sank ins Knie, umfasste mit seinen gichtigen Fingern ihren Fuß, schob ihn behutsam aus dem Türrahmen, zog die kleine Pforte zu und verriegelte sie durch die zweimalige Drehung seines Schlüssels.

Als sie die Sankt-Agnus-Kirche betrat, atemlos von dem Lauf durch die lange Wallstraße, hörte sie Bach am Ende des Abendmahls auf der Orgel über die Kantate „Aus tiefster Not schrei ich zu dir" improvisieren. Sie verbarg sich in der linken Ecke der Kirchenhalle, um von den hinausströmenden Gläubigen nicht bemerkt zu werden und seinem Spiel weiter lauschen zu können:

Aus tiefster Not schrei ich zu dir,
Herr Gott, erhör mein Rufen.
Dein gnädig Ohr neig her zu mir –,

und stand vor ihm, als er nach fast einer weiteren Stunde des Spielens von der Empore herabkam.

„Aus tiefster Not schreist du zu ihm, Bach, warum? – Wen rufst du, Johannes? Johann Sebastian Bach!"

Bach musterte sie lange, und wie aus einem Todesschlaf erwachend, tastete er über ihr Gesicht, so als wollte er sich versichern, dass sie wirklich da war. Er strich über ihr Haar, ihren Hals, ihre Schultern, ihre Arme, ihre Hüften, wie ein Ertrinkender, der vor dem sichern Untergang errettet, neues Leben atmen darf. Als er sie in eine Betbank drängen wollte, flüsterte sie, dass sie im „Goldenen Lamm“ Quartier genommen hätte, nahm seine Hand, zog ihn aus der Kirche und lief mit ihm über die staubige Stiftsgasse die Straße vom Schloss hinunter über den Marktplatz zum Holzmarkt nach dem Gasthof, dessen doppelflügeliges Eingangstor trotz der vorgerückten Abendstunde noch weit offen stand.

Köthen

September 1720

Nachdem Bach die Stimmen seines großen Concerto in D für den Flötisten Gottlieb Würdig und die elf anderen Musiker für die Probe vor der festlichen Aufführung am Abend auf deren Pulten verteilt hatte, er selbst würde für seinen konzertierenden Cembalopart keine Noten brauchen, lehnte er sich in die narzissengelbe Spallierung des vierten der acht bodentiefen Fenster des neuen französischen Festsaals und beobachtete ein Schwanenpaar, das im Wassergraben des Schlosses umeinander zu werben schien. Immer wieder spreizte der männliche Vogel seine riesigen Schwingen auf und glitt mit weißen Segeln seiner Partnerin entgegen, die ihren schlanken Hals vor ihm ins Wasser tauchte, was er ihr nachtat, und so blickten sie einander, aus dem Nass die Köpfe hebend, an, ehe sie diese wieder, wie aus Scham vor dem eigenen Begehren, in die Tiefe senkten, als er die Stimme eines Lakaien „Madame pardonnieren, aber der Fürstliche Herr Hofkapellmeister haben strikte Anweisung erteilt, niemanden vorzulassen“ rufen hörte, worauf die Doppeltüre aufflog und Annalena mit der bestimmenden Anweisung „Der Herr Hofkapellmeister erwartet mich, Er kann gehen!“ im Raum stand.

Auf einen Blick Bachs hin entfernte sich der Diener rückwärts gehend, wobei er die weißgoldenen Türflügel lautlos ineinander zog.

„Des Nachts suchst du mich auf wie eine Hure, sprichst kein Wort, weinst wie ein kleines Kind und fliehest mich im Morgengrauen. Des Tags verleugnet dich dein alter Cerberus und wehret mir den Eintritt in dein Haus!“

„Friedelena, die ich verloren glaubte, kehrte unvermutet mit den Kindern heim.“

„Sie war die Schwester deiner Frau?“

„Sie ist die Schwester meiner Frau“, antwortete Bach und ließ sich, ohne sie anzusehen, auf dem Podium nieder.

„Ah, und in dieses Idyll passt deine Geliebte nicht!?“

„In dieses Chaos passt sie nicht."

„Was für ein Chaos ist das, Johann Sebastian, kann ich doch nirgendwo eines erkennen! Deine Frau ist tot, der Schmerz für dich und deine Kinder ist groß, vielleicht über alles Maß. Aber deine Geliebte lebt – und liebt dich, wie nur ein Weib einen Mann erkennen und lieben kann! Und alle Umständ' scheinen, als hätt' ein Gott sie weggerufen von deiner Seiten, auf dass ich dort sein und bleiben kann!"

„Es hat kein Gott sie weggerufen, Annalena. Selbst ist sie 'gangen, geschieden aus diesem Leben durch eigene Gewalt."

Sie setzte sich neben ihn auf die Orchesterbühne.

„Warum aber tat sie das?", flüsterte sie.

„Weil sich zu ihrer Krankheit, die sie jäh befallen, auch die Kunde von unsrer Liebe in ihre Seele eingegraben hat, als wie ein zweiter Karkinos."

„Und dessenthalben –?"

„Und dessenthalben bin ich den heutigen Morgen beim Lever des Fürsten um meine Demission eingekommen. Will nit mehr Musique machen zu einem Lebensfest, das mich geflohen hat."

„Und meine Opera?“

„Weiß von keiner Opera.“

„Die von Actéon und Diana, für die der Fürst mich zu seiner Hofsängerin bestellet hat! – Deine große Opera, die wir in vielen Teilen in dem Karlsbad zu deinem Triumph und auch dem meinen gegeben haben!“

„Weiß nichts von einer Opera.“

„Für die der Fürst das Teatre bauen lässt! Wem sonst als dir, seinem geliebten Abgott! – Schau doch hinaus, dass du die Mauern siehst, die schon hinaufgewachsen sind!“

„Weiß nichts von einer Opera. – Hab’ schon bei der Jacobikirchen zu Hamburg um ein Orgelstell’ und Brot angesucht, und werd’ nicht ruhen, als bis ich einen Ort für Buß’ und Reu’ von meiner Schuld gefunden hab’.“

„Von deiner Schuld? – Was aber ist deine Schuld?“

„Mein’ Schuld – bist du“, stöhnte Bach auf, wischte seine Perücke vom Kopf, versuchte sich in ihrem Schoß zu bergen, indem er ihre Hüften umklammerte und sich wie ein im Meer Treibender auf ihren Körper schob, bis er ihre Lippen erreicht hatte, von deren Kuss er neues Leben trinken wollte. Wie besinnungslos flocht er sich unter sie, griff in ihre Röcke, stemmte, bog sie über sich, riss an der Schnürung ihres Mieders und verlor sich aufs Neue in dem bodenlosen Abgrund seiner Lust.

Köthen

September 1720

Er hatte die welken Rosen in der Senke des Grabes entzundet und Etliches von dem dürren Geäst, das er auf einer Rückenkraxe mit sich geführt sowie unter den Bäumen des Gottesackers gesammelt hatte, schon in die dünnen Flammen geworfen, als er über dem Knistern eine Stimme flüsternd seinen Namen rufen hörte, worauf er sich hinter dem Kreuzstein verbarg.

„Bach! – Johann Sebastian Bach! – Bach! – Ich habe dich gesehen, Bach, und sehe den Widerschein des Feuers auf dem Kreuz, das dich jetzo verbirgt! – Öffne mir! – Ich werde nicht von dieser Stätte geh'n, als bis du mir nicht aufgetan hast, Bach!"

Langsam, fast furchtsam näherte er sich der geliebten Gestalt, deren im Mondlicht weiße Hände an den geschmiedeten Rosenranken des

Tores rüttelten, als ob sie Einlass in das Paradies begehrte, in das er sie nach einigem Zögern mit dem ihm anvertrauten Schlüssel des Küsters von Sankt Agnus einließ.

„Lass uns einander für diesen Kuss hinter der Mauer bergen", flüsterte sie, griff nach seiner Hand, die er ihr entzog und durch die Gräberreihen zu seiner Feuerstelle schritt, um diese neu mit Holz zu füttern. Dann zog er unter den Ästen ein Futteral hervor, das er, sich niederkniend, behutsam auf den Rasen bettete und aufschlug, nachdem er die schwarzen Ripsbänder gelöst hatte. Zärtlich glitten seine Hände über einen dichten Wald von Notenbäumen, den er Blatt für Blatt aufnahm und Seite für Seite in die gierig auflodernden Flammen senkte.

Mit einem gellenden Schrei riss Annalena den Komponisten von seinen Papieren, warf sich über ihn und presste ihn auf den feuchten Boden, was er mit sich geschehen ließ.

„Was tust du?", flehte sie ihn an. „Du vernichtest unsere Liebe!"

„Nicht unsere Liebe vernichte ich, ich vernichte eine Musique, die Zeugnis unserer Sünde ist“, antwortete er ruhig, schob sie von sich, setzte sich auf und beeilte sich, die Blätter weiter dem Feuer zu übergeben, wie es ein Gärtner mit dem welken Laub nach einem großen Sommer tut.

„So war denn alles nur ein Traum“, schrie Anna Magdalena, „ein Nichts, ein Flammenopfer, schwarze Asche?“, und entriss der Grube ein Blatt, dessen schwelende Ränder sie mit den seidenen Hüllen ihrer Ärmel erstickte.

Lass ab von deinem frevelnden Begehren!
Und willst du nicht der Göttin Reinheit achten,
Wird sie mit Fluch sich dein erwehren,
Zum Wild dich wandeln,
das deine eig’nen Hunde schlachten,

sang sie Bach schreiend ins Gesicht, der das Blatt ruhig ihrer Hand entzog und ins Feuer zurückwarf.

„Zum Wild bin ich die längste Zeit geworden, Annalena, seit ich dir begegnet bin, und meine eigenen Begierden schlachten mich dahin. Und dennoch kann ich von dir nicht lassen, und also werb’ ich um dich, als dass du wirst mein Weib.

Mein Weib, nicht meine Buhle, eines Fürsten Singerin! – Hat nie, verstehst du, hat nie ein' Opera gegeben von dem Bach. – Und also frag' ich dich an diesem Grab der Bachin, und tu es nimmermehr: Willst du die neue Bachin werden und mit mir verlassen alle Gleißnerei von dieser Welt, zu geh'n in eine andere, die auch ein' andere Musique hat? – Wo nicht, müssen unsere Wege für immer geschieden sein."

Sie stand auf und entfernte sich zwischen den Furchen des Gottesackers in die Tiefe des Todesgartens, während Bach seine Oper auf dem Grab seiner Frau opferte wie Gott seinen eigenen Sohn auf Golgotha.

Als sie zurückkam, fand sie Bach kauernd am Rand der Glut und aufgelöst in Tränen.

„Weil meine Liebe zu dir größer ist als jedes Werk von deiner Hand, will ich mit dir, als dein Weib an deiner Seiten sein. Bis dorten aber bleib' ich die Sängerin des Fürsten, weil du itzo noch Sorge tragen musst für dein' Verbleib und neue Stellung, für dich, für deine Kinder und auch für dein künftig Weib. – Gib mir den Schlüssel für die Gräberstätte, ich will von diesem Ort der Toten."

Leipzig

7. April 1724

Früher Morgen

Es war noch dunkel, als Bach seine schafwollene Decke um den vor zwei Monaten geborenen Gottfried, der nächtens seine Faschen abgestrampelt hatte, steckte und aus dem Schlafzimmer schlich, nicht ohne einige Augenblicke über der Wiege an Annalenas Seite dem ruhig fließenden Atem der kleinen Henrietta gelauscht zu haben. Er tastete nach seinen Kleidern, nach Schuhen, Strümpfen, Hose, Weste, Halstuch, Rock und Perücke, trat auf den zugigen Gang, zog die Türe des Vorzimmers vorsichtig in ihr Schloss, stieg über den steinernen Aufgang ins nächste Stockwerk, wo die Übungskabinette der Thomasschüler wie Mönchszellen aneinandergereiht lagen und nahm ein paar

Stufen der Treppe ins Dachgeschoss, um sich zu überzeugen, dass in den Schlafsälen der Zöglinge alles ruhig war, ehe er das Waschzimmer am Ende des langen Flures im Parterre aufsuchte, um sich anzukleiden. Dann wechselte er in die Küche der Kantorei, brühte sich eine Keramikschale Kaffees auf, die er mit zerlassener Schokolade und einem Glas gebrannter Zwetschgenessenz versetzte und begab sich in seinen Kontor, wo er im Grau der Morgendämmerung die auf einem langen Refektoriumstisch aufgereihten Stimmen seiner „Passio secundum Johannem“ nach Sängern, Chor und Spielern für die große Vesper zur Sterbestunde des Erlösers am heutigen Nachmittag überprüfte, immer noch mit sich hadernd, ob diese seine Passion die Gemeinde der Stadtpfarrkirche von Leipzig ihrer Heftigkeit und Länge wegen nicht über die bekannte Gebräuchlichkeit hinaus fordern und erschrecken würde, Gedanken, die er aber angesichts der sich in seinem Inneren zu einem gewaltigen Ganzen fügenden Notenstöße verwarf.

Vor Mittag würde er die Leidensgeschichte Christi mit allen, den Knaben, den Studiosi, den Solisti, den Musicisti, auch denen vom Collegium

Musicum, die ihr Kommen zugesagt hatten, von deren erstem bis zu deren letztem Choral durchgehen:

Herr Jesu Christ, erhöre mich,
Ich will dich preisen ewiglich!

Noch nicht einmal ein Jahr war es her, dass er sein Amt als *Cantor et Director Musices* der *Schola Thomana* und Musikdirektor der gesamten Stadt Leipzig nach langem Werben und Bewerben angetreten hatte. Er erinnerte sich noch genau, wie sie an einem sonnigen Samstagnachmittag im letzten Mai in zwei Kutschen endlich hier auf dem Thomaskirchhof ankamen, in der einen Friedelena mit Catharina, Friedemann, Carl Philipp und Bernhard, in der anderen Annalena mit der vor kaum zwei Monaten geborenen Henrietta und er.

Martin Perger hatte es sich nicht nehmen lassen, die vier Fuhrwerke mit der Köthener Habe vom letzten Bock aus im Auge zu behalten, was ihm eine heftige Entzündung seiner Lunge eintrug, die ihm beinahe das Leben gekostet hätte, hätten ihn nicht Friedelenas medizinisches Wissen und ihre unermüdliche Pflege dem fast sicheren Tod entrissen.

„Sinnest du dem Tempel der Diana an den Hängen der Engelsburg in Karlsbad nach, deiner verbrannten Opera in Köthen oder deinem Leidensweg, den du am heutigen Karfreitag der Stadt Leipzig offenbaren willst?"

Bach fuhr herum, er hatte nicht bemerkt, dass Annalena hinter ihm einen der Türflügel lautlos geöffnet und wieder geschlossen haben musste.

„Gottfried ist gestillet und Henrietta schläft jetzo weiter in ihren frischen Windeln."

„Das ist gut", antwortete Bach, „aber ich gedenke deines Tempels, wie er über dem Silberband des Flusses im Mondlicht thront."

„Zu welchem Ende denkst du daran?"

„Weil ich der Liebe nicht vergessen kann!"

„Musst du der Liebe vergessen, Johann Sebastian?"

„Niemand kann mir gebieten, der Liebe zu vergessen."

„Niemand kann dir gebieten, der Liebe zu vergessen", stellte sie fest und ließ sich an der linken Mitte der Tafel nieder, sodass ihr Negligée aus

Kaschmirwolle vom ersten Frühlicht erfasst wurde und hagebuttenfarben aufleuchtete.

„Als wir unsere Hochzeit feierten –"

„– nach dem Trauerjahr in deinem Haus –"

„– da war der Fürst zugegen –"

„– da gab uns der Fürst die Ehre, weil er dich liebte. – Es war sein Abschied von dir, denn nur acht Tage später, es war in der Mitten des Weihnachtsmonats, sang ich auf seiner Hochzeit deine Kantate „Weichet nur, betrübte Schatten" und sah ihn weinen. Und als er seinem angetrauten Weib in die hohe Nacht folgte, hinterließ er den Befehl, dass die Mauern deines Operntheaters abzutragen, die offene Wunde des Kraters mit frischem Erdwerk aufzufüllen und mit Lorbeer anzupflanzen seien, weil er kein Zeugnis von der glücklichsten Zeit seines Lebens künftighin vor seinen Augen haben wolle."

Bach schwieg.

„Und also frag ich dich, Johann Sebastian Bach, ob auch du ein solches Zeugnis aus deinem Leben gebannt hast? So mir scheinen will, wenn ich den Hingang unserer Tage recht betrachte."

Bach stand auf, öffnete die annähernd über die ganze Wand sich erstreckende Bibliothek, hob seine Foliantenbibel aus dem Regal, ließ sie auf den Tisch sinken, öffnete sie bei der Passionsgeschichte des Johannes und entnahm ihr ein kreuzförmiges Gebilde aus getrockneten Blättern, das er wortlos vor Annalena legte, die sofort danach griff, um es zwischen sich und seinen Blick zu halten.

„Das ist das Rad des Teufels, es ist der fünfzackige Kelch der Teufelskirsche", sagte Annalena mit klarer Stimme.

„Der Teufelskirsche?", fragte Bach. „Ich habe es in diesem Evangelium gefunden!"

„Der Teufelskirsche", antwortete Annalena, ließ das zerbrechliche Gebilde auf den Tisch fallen und erhob sich. „Deine erste Frau ist, dem sichern Tod anheimgegeben, um unsertwillen aus dem Leben 'gangen, Bach, was fragst du noch? Was zeigst du mir dies Zeichen? Du kennst es längst! Was soll ich damit tun? Willst du mich quälen? Ich bin nicht die Hüterin deines ersten Weibes, noch schuldig, dass sie der Karkinos befallen hat, noch schuldig, dass du mich liebtest. Ich bin bei dir, dir angetraut mit nunmehr zwe'en Kindern, will nit und kann nit im Schatten deines ersten Weibes steh'n noch leben!"

Vor Mittag

Als Bach allein war, schrie er zwei Mal auf wie ein waidwunder Hirsch, der von der Meute angefallen wird. Dann hieb er stöhnend mit seiner Stirn gegen die Tischplatte, sieben Schläge lang.

Plötzlich stützte er sich in die Höhe, riss den Schrank auf, griff nach dem Schreibzeug und begann, die gnadenlose, wie von Furien gepeitschte Hetzjagd des Lebens auf dem endlos dahinfließenden Strom der Notenlinien auszusetzen, in dessen Todeswirbeln die Schmerzensschreie der Menschen sich immer schneller drehten, bis sie, überwölbt vom lang gezogenen Heulen dissonanter Oboen, über turmhohe Katarakte aus Klagen in die Tiefe gerissen wurden.

Herr, Herr, Herr, unser Herrscher, dessen Ruhm
In allen Landen herrlich ist!,

und König Davids Psalm der Verherrlichung des Schöpfers wurde zu einer verzweifelten Anklage Gottes, zur unerbittlichen Forderung der ganzen Menschheit:

Zeig uns durch deine Passion,
Dass du, der wahre Gottessohn,
Zu aller Zeit, auch in der größten Niedrigkeit,
Verherrlicht worden bist!

Als er den Sturm geendet hatte, setzte er Passio secūdū Joañě über den neuen Eingangschorus, sprang auf, öffnete die Tür und rief die Namen seiner Frau, seiner Tochter, seiner älteren Söhne und fünf weiterer Studiosi so laut hinaus, dass sie in den Gängen widerhallten, über deren Treppenfluchten gerade die Schüler paarweise und schweigend herabkamen, um zur Morgenandacht in die Thomaskirche zu wechseln.

Dann sammelte er die Noten des ursprünglichen Anfangschorales von den einzelnen Papierstößen, verstaute sie im Schrank, verteilte leere Blätter, Federn sowie Tintengläser auf dem Tisch und wies die Eintretenden an, möglichst rasch, aber dennoch akkurat die Stimmen für die mittägliche Probe aus seiner Partitur abzuschreiben, während er sich selbst daransetzte, den Basso Continuo auf Violoncelli, Bassoni, Orgel und Gamben zu verteilen.

Nach Mittag

Bach nahm das schmale Thomasgässchen zum Marktplatz, den er über die prunkvolle Grimmische Straße mit ihren neuen Bürgerpalais verließ, um nach Sankt Nikolai, dem großen Gotteshaus der nunmehr blühenden Handelsmetropole zu gelangen.

Dem Anlass des Heiligen Karfreitags entsprechend hatte er sich in schwarzen Samt gekleidet, sogar den kostbaren mit Bisamfellen gefütterten Umhang hatte er der vorösterlichen Kühle wegen übergeworfen, obwohl eine warmgoldene Frühlingssonne die mächtige Kirche geradezu über den weiten Platz zu erheben schien, auf dem sich schon jetzt, eine Stunde vor dem Beginn der großen Vesper, eine beträchtliche Menschenmenge, durchkreuzt von Equipagen und Kutschen, angesammelt hatte, die allesamt dem Ereignis zur Feier des

Erlösungstodes Christi entgegenstrebten. Fast unerkannt gelangte er durch den Nebeneingang der Sakristei in das milchig schimmernde Innere des riesigen, in drei Hallen unterteilten Gotteshauses, hörte Friedemann die Orgel registrieren, während die Musiker des Collegium auf den Emporen sichtbar wurden und Carl Philipp die Stimmen auf den Pulten verteilte. Er verbarg sich hinter einer der wie Palmen emporwachsenden Säulen, beobachtete, ob der Chor der Thomaner in Disziplin seine Plätze auf den schmalen Bänken einnahm und erschien schließlich selbst inmitten seiner Musiker, um das Zeichen für den Beginn der Leidensgeschichte des Erlösers nach dem Zeugnis des Apostels Johannes zu geben, nachdem der Pastor im Gefolge seiner Abendmahlsdiener in den Altarraum der mit unzähligen eigens herbeigeschafften Sitzplätzen überfüllten Kirche eingezogen war.

Herr, Herr, Herr, unser Herrscher, dessen Ruhm
In allen Landen herrlich ist!

Der Feuersturm des Eingangschores riss die Gläubigen von ihren Bänken, Plätzen, Sitzen, zwang sie, sich nach den Emporen umzuwenden und atemlos dem Unerhörten zu folgen, das da wie Stimmen des Jüngsten Gerichtes über ihre Köpfe hinwegbrauste.

Während der Predigt entdeckte er seine Frau an der rechten Seite seiner Tochter, deren linke Hand Friedelena umklammert hielt, und er beschloss, Annalena auf dem morgigen Ostermarkt einen Hänfling zu erstehen, jenen Singvogel, den sie sich nach dem Tod ihrer Nachtigall so sehr gewünscht hatte, weil der in Gefangenschaft überleben würde.

Nachdem er mit dieser seiner ersten Ehegattin 13 Jahre eine vergnügte Ehe geführet hatte, wiederfuhr ihm in Cöthen, im Jahre 1720 der empfindliche Schmerz, dieselbe, bey seiner Rückkunft von einer Reise, mit seinem Fürsten nach dem Carlsbade, todt und begraben zu finden; ohngeachtet er sie bey der Abreise gesund und frisch verlassen hatte. Die erste Nachricht, daß sie krank gewesen und gestorben wäre, erhielt er beym Eintritte in sein Hauß.

Carl Philipp Emanuel Bach (1714–1788) über den Tod seiner Mutter. Er war das fünfte Kind der Maria Barbara und des Johann Sebastian Bach, zum Zeitpunkt ihres Todes sechs Jahre alt.

Musik

Die Musik ist von Johann Sebastian Bach, wenn nicht anders angegeben.

Seite 20: Brandenburgisches Konzert Nr. 2 in F-Dur, 3. Satz: Allegro assai, BWV 1047

Seite 20: Kantate Nr. 202 „Weichet nur, betrübte Schatten", BWV 202

Seite 25: Brandenburgisches Konzert Nr. 1 in F-Dur, 1. Satz: Allegro, BWV 1046

Seite 26: Suite Nr. 2 für Viola (Violoncello): Sarabande, BWV 1008

Seite 27: Brandenburgisches Konzert Nr. 1 in F-Dur, 2. Satz: Adagio, BWV 1046

Seite 34: Wohltemperiertes Klavier 1. Buch, Präludium Nr. 2 in C-Moll, BWV 847

Seite 36: Brandenburgisches Konzert Nr. 1 in F-Dur, 4. Satz: Hörner-Trio, BWV 1046

Seite 43: Violin-Sonate in F-Moll: Lamento, BWV 1018

Seite 45: Violin-Sonate in C-Moll: Siciliano, BWV 1017

Seite 53: Orchestersuite Nr. 3 in D-Dur: Ouverture, BWV 1068

Seite 55: Kantate Nr. 7 „Christ unser Herr zum Jordan kam", BWV 7

Seite 58: Orchestersuite Nr. 1 in C-Dur: Ouverture, BWV 1066

Seite 71: Orchestersuite Nr. 3 in D-Dur: Air, BWV 1068

Seite 86: Antonio Vivaldi (1678-1741): „La verità in cimento", 1. Akt: Arie der Roxane: „Amato ben tu sei la mia speranza"

Seite 86: Antonio Vivaldi: „La verità in cimento", Sinfonia: Allegro

Seite 88: Antonio Vivaldi: „La verità in cimento", Sinfonia: Andante

Seite 88: Antonio Vivaldi: „La verità in cimento", Sinfonia: Allegro

Seite 97: Partita Nr. 2 in D-Moll für Violine solo: Ciaccona, BWV 1004

Seite 98: Partita Nr. 2 in D-Moll: Ciaccona, für vier Stimmen und Violine, ECM 461 895-2

Seite 103: Choral „Aus tiefster Not schrei ich zu dir" für Orgel, BWV 686

Seite 105: Brandenburgisches Konzert Nr. 5 in D-Dur, 1. Satz: Allegro, BWV 1050

Seite 121: Johannes-Passion: Chorus „Herr, unser Herrscher", BWV 245

Personen

Bach, Anna Magdalena (1701–1760)
geborene Wilcke, Sängerin, 2. Ehefrau Johann Sebastian Bachs (Trauung 1721), mit dem sie 13 Kinder hat, von denen 6 das Erwachsenenalter erreichen.

Bach, Friedelena Margaretha (1675–1729)
älteste und unverheiratete Schwester Maria Barbara Bachs, die ab der Geburt des 1. Kindes ihrer Schwester (1708) zu den Bachs zieht und sich um Kinder und Haushalt kümmert.

Bach, Johann Sebastian (1685–1750)
Komponist, Organist, Claviervirtuose, Violinist, Bratschist, Hofkomponist in Weimar und Köthen, ab 1723 bis zu seinem Tod Thomaskantor in Leipzig, wo er nur etwa ein Drittel seines Köthener Gehaltes bezieht.

Bach, Maria Barbara (1684–1720)
geborene Bach (Kusine Bachs 2. Grades), 1. Ehefrau Johann Sebastian Bachs (Trauung 1707), mit dem sie 7 Kinder hat, von denen 4 das Erwachsenenalter erreichen, darunter die bedeutenden Komponisten Wilhelm Friedemann (1710–1784) und Carl Philipp Emanuel (1714–1788).

Leopold, Fürst von Anhalt-Köthen (1694–1728)
bedeutendster Förderer und Freund Bachs, für den er die vom „Soldatenkönig" Friedrich Wilhelm I. von Preußen, dem Vater Friedrichs II., aufgelöste Berliner Hofkapelle engagiert und übernimmt, um ihn für Köthen zu gewinnen. Heiratet 1721, 8 Tage nach Bachs Trauung, Prinzessin Friederike Henriette von Anhalt-Bernburg.